Sonya
ソーニャ文庫

清廉騎士は乙女を奪う

桜井さくや

イースト・プレス

contents

第一章

——どす黒い雲に覆われ、荒れ狂う空。

吹きすさぶ風が行く手を阻《はば》む。

ほんの一時間前まで、晴れ渡る空の下にいたのが嘘のようだった。

「団長…ッ、カイン団長！　村です…っ！　北西の方角に村を見つけました！」

カイン率いる騎士団は、数日前に任務を終えて王都への道を馬で駆けていた。

しかし、その日は朝から晴れていた空が突然黒い雲に覆われ、ポツポツと降り出した雨はやがて土砂《どしゃ》降りとなり、いつしか視界を奪うほどの嵐へと変わっていた。

「よくやった！　皆、聞いてのとおりだ！　今夜はその村で宿を借りることにしよう。これより北西の方角に進路を変更する！」

「はい…っ！」

恐怖を抱かせるほどの豪雨で、立ち往生していたときだった。

偵察《ていさつ》を得意とする部下が村を見つけ、その朗報を聞いた瞬間、屈強な騎士たちにも安堵の表情が浮かんだ。

皆、カインの指示に従い、北西に向かって一斉に馬を走らせる。

この状況で偶然にも村を見つけられたことは、そのときの自分たちにとって幸運以外の何ものでもなかった——。


——コン、コン！

それから程なくして、カインたちは無事村についた。

そこは十軒ほどの民家がある小さな集落で、宿屋らしきものは見当たらない。

せめて一晩泊まる場所を提供してもらえないかと、その交渉をするために部下の一人がすぐ傍の民家の扉を叩いた。

「……あと三日も馬を走らせれば王都につくというのに……」

カインは打ち付ける雨に顔をしかめて独りごつ。

ここは、ちょうど山間に位置している場所のため、突然の荒天《こうてん》もやむを得なかったが、思わぬ足止めに遭ってしまった。

濡れた髪を掻き上げ、カインは何げなく辺りを見回す。

雨で視界が悪いが、そこそこ立派な家が建ち並んでいるのが見て取れる。

こんな寂れた場所で、この村の住人はどうやって生活しているのだろう。

余計なことではあったが心配していると、不意に玄関が開いて白髪の老婆が顔を覗かせた。

「あ…、あんたたちは……？」

「我々は王都から来た騎士団だ」

「……き…、騎士……？」

「王都に戻る途中、この嵐で身動きが取れなくなってしまったのだ。突然来てこのような申し出をするのは非常に心苦しいが、せめて一晩だけ我々に宿を提供していただけないだろうか」

「え……」

老婆はいきなりのことに言葉を失ってしまったようだ。

しばし呆けた顔で目の前の若い騎士を見上げていたが、ややあって家の門の辺りに目を移す。そこにはカインをはじめとした数名の騎士がいて、老婆はさらに驚いた様子で息を呑んだ。

「これは…、なんの騒ぎだね？」

そのとき、後方から声をかけられてカインたちは一斉に振り向く。

騒ぎを聞きつけてか、そこにはいつの間にか村人たちが集まりはじめていた。

「……ぎ、銀髪……？」

「なんだあの色……。あれは人なのか……？」

村人たちはカインに気づくや否や、動揺をあらわにしている。

皆、怯えた様子でひそひそと話していたが、雨の中でもほとんど聞き取れてしまい、苦笑せざるを得ない。

だが、玄関先で青ざめる老婆に気づいたようで、すぐに話し声が止む。

それまでは遠巻きで見ているだけだったが、彼らは緊張した様子で頷《うなず》き合うと、カインを警戒しながら老婆のもとへと向かう。老婆から事情を聞いている間も、皆、眉をひそめていて、どう見ても歓迎する雰囲気ではなかった。

――こういう反応は、久しぶりだな……。

カインは濡れた銀髪を掻き上げ、密かにため息をつく。

最近は自分を見慣れた者ばかりと一緒だったから、ここまで警戒されるのは久しぶりだった。

この国では、ほとんどの者が黒髪だ。

色素が薄くても淡い茶色程度でそれさえ珍しい。

お陰でカインは、周囲からは常に異質なものを見るような目を向けられ、化け物と言われることまであった。この国では銀色の毛並みの生き物は災《わざわ》いを起こすとされ、古《いにしえ》より恐れられてきたというのもあるだろう。

だからこそ、のし上がることで周りを認めさせようと、カインは十三歳のときに実力がすべての騎士団に入ったのだ。

紆余曲折《うよきょくせつ》はあったものの、今では仲間と呼べる者もいる。疎外感を味わうこともほとんどなくなっていたため、この村の者たちの反応は久しぶりに苦い過去を思い起こさせるものだった。

「……よりによって、レスターさまのいないときに……」

ふと、雨音に混じって老婆たちの会話が耳に届く。

レスターとは、この村の長だろうか。

勝手に受け入れて、あとで咎められるのを恐れているのかもしれない。

とはいえ、家の前にいるのは屈強な騎士たちだ。ここで追い返す勇気まではなかったようで、諦めた様子で頷くのが見て取れた。

「皆ッ！　ここを使わせてもらえるそうだぞ…っ！」

ややあって、交渉にあたっていた部下が満面の笑みで振り返った。

瞬間、カインと一緒に門前で待機していた部下たちも喜びをあらわにした。

決して好意的とは言えない雰囲気だっただけに、これにはカインもほっとする。

しかも、この家の裏手には使っていない小屋があるとのことで、馬小屋としてそこも開放してくれるいう。思わぬ温情に感謝しかなかった。

「ありがとうございます！」

部下たちは馬を預けると、白髪の老婆に礼を言いながら家に入っていく。

老婆はそれを渋々といった様子で受け入れていたが、カインが近づくと途端に肩をびくつかせ、逃げるように中へと駆け込んでいった。

宿を提供してもらったとはいえ、ここまで怯えられると苦笑いしか出てこない。

カインはため息をつき、若干憂鬱《ゆううつ》な気分で玄関扉に手をかけた。

ところが、そこでふと視線を感じて振り返る。

「……ん？」

降りしきる雨。

空はどす黒い雲に覆われ、辺りは薄暗い。

にもかかわらず、門の前には人がいた。

白い頬にかかる黒髪。琥珀《こはく》色のまっすぐな瞳。

先ほどまでは誰もいなかったはずなのに、そこには雨に打たれ、ぽつんと佇《たたず》む少女がいたのだ。

「……え？」

直後、少女は満面の笑みを浮かべる。

いきなりのことに、カインは思わず辺りを見回した。他の者に向けられたものかと思ったが、自分以外には誰もいない。

――なんだ？

なぜ笑いかけられたのだろう。

初対面の自分に、どうして嬉しそうな笑みを向けるのか理解できなかった。

「――…イン…、カイン団長…っ！」

「……あ、あぁ、ロバートか」

「どうした？　何か気になることでもあったか？」

「いや……」

「なら早く入ってくれ。雨が中に入っちまう。それから、濡れた服はすぐに脱いだほうがいい。さすがにこのままでは風邪をひく」

「……そうだな。すまない」

声をかけてきたのは、副長のロバートだった。

カインは素直に頷き、中に足を踏み入れる。

だが、扉を閉めようとしたところで、もう一度門のほうに目を向けた。

──いない……？

ほんの十数秒前にはいたはずの少女の姿は、もうどこにもなかった。

カインは首を捻《ひね》りながら扉を閉める。

すると、部下に布を手渡され、二階へと促された。

その布で濡れた髪を拭《ふ》きながら、カインは階段を上る。すでに部屋割りを済ませたあとだったようで、通された部屋には副長のロバートがいた。

「なんだカイン、そんなしかめっ面をして。俺と同じ部屋では不服のようだな」

「この顔は生まれつきだ。別に誰と同室でも不服はない」

「だったら、眉間に皺《しわ》を寄せる癖《くせ》は直したほうがいい。俺は慣れているからいいが、他の団員は怖がる」

ロバートは自身の眉間にとんと指を当て、首を横に振る。

彼とは上司と部下の関係だが、騎士団の在籍期間はロバートのほうが長い。年はカインより二歳上の二十三歳。互いに年齢が近いこともあって、気軽な口調で話すことが多かった。

この国は長年隣国との戦が続いていて、つい数年前にそれが終結したばかりだ。

カインはその戦で次々と戦果を挙げ、功績を認められて十五ある騎士団の一つ、第三騎士団の騎士団長になった。

銀色の髪が忌避される国で異例とも言える抜擢《ばってき》だが、カインの存在は歴戦の勇士として隣国でも恐れられ、その働きは国王からも一目を置かれるほどだったのだ。

当然ながら、騎士団の中でもカインを毛嫌いする者はいた。

それでも、副長のロバートをはじめとして信頼を寄せてくれた者たちの協力があって今がある。皆を一つに纏めるにはそれなりの努力と時間が必要だったが、必死で歯を食いしばってきたことは無駄ではなかったと、カインは最近になってようやく思えるようになっていた。

「そこに服があるから着替えたらどうだ？　さっきのばあさんが用意してくれたんだ。大きさは合わないだろうがないよりましだ」

「あの老婆が…。あとできちんと礼を言わなければな……」

「礼は明日だな。俺たちに怯えて裏口から出て行ってしまった。今日は隣の家で休むそうだ。朝になったら食事を持ってきてくれると言っていた」

「……わかった」

小さく頷くと、カインは服を脱いで身体を布で拭いていく。

怯えていたのは主に自分に対してだろうが、それはあえて口にしなかった。

それにしても、すっかり身体が冷えてしまった。カインは鳥肌の立った自分の腕を見て苦笑し、老婆が用意してくれた夜着に袖を通す。素早く身なりを整えると、濡れた髪をガシガシと布で拭きながら窓のほうに向かった。

轟々《ごうごう》と吹きすさぶ風。

木々が揺れ、枝がしなる音が強風の凄まじさを物語っていた。

カインは家の前の通りに目を向ける。

先ほどの少女が気になり、目を凝らして捜してみたが、やはり人の姿はどこにもなかった。

「……ロバート」

「どうした？」

「さっき、この家の門の辺りで若い娘を見なかったか？」

「若い娘？」

「あぁ、長い黒髪で琥珀色の瞳をした娘だ」

「いや、知らないな。俺は、この家のばあさんと近所の老人たちしか見ていない」

「……そう…か……」

「カインが女の話なんて珍しいな。そんなに美人だったのか？」

「な…、何言ってんだ……っ」

にやにやと茶化されて、カインは口ごもる。

こういった戯《ざ》れ言に慣れておらず、どう反応すればいいのかよくわからない。

美人だったのかと問われても、近くで見たわけではないのだ。

雨の中、ぽつんと佇む少女の姿がやけに頭に残っただけだった。

――それとも、見間違いだったのか……？

考えてみれば、こんな嵐で目の色まで見えるわけがない。

いきなり笑いかけられるというのもおかしな話だ。

「思った以上に疲れていたようだな……」

カインは浅く笑って息をつく。

振り向くと、ロバートは横になってすでに眠っていた。

何日も馬を走らせていたから、彼も疲れていたのだろう。

それを見ているうちにカインも気が緩んできて、大きな欠伸《あくび》が出る。

先ほどの少女のことは頭に引っかかっていたが眠気には勝てそうもない。

ベッドに横になって風の音を聞いているうちに、カインもいつしか深い眠りに落ちていた――。

❀　❀　❀

翌日。

よほど疲れていたのか、カインが目覚めたときはすでに昼近くになっていた。ロバートや他の部下たちはとうに起きて身支度を整えていたが、ぐっすり眠っているカインを気遣って誰も起こさなかったらしい。

老婆には改めて謝罪と感謝の言葉を伝え、出発は昼食後ということで話がついた。カインを前にすると老婆は怯えた様子を見せたが、約束どおり出て行くとわかって安心したのだろう、図々しいと思いながらも交渉すると、昼食まではなんとか提供してもらえることになったのだ。

昼食ができるまでは少々時間があり、カインはその間、のんびりと村を散歩することにした。

――こんなに寝たのは久しぶりだな……。

朝一番には村を出るつもりだったのに、すっかり熟睡してしまった。

ここ数日は野営が続いていて、ベッドで寝るのがことのほか気持ちよかったのだ。

とはいえ、他人の家に強引に上がり込んでおいて、この図々しさには我ながら呆れてしまう。カインは気の向くままに歩を進め、のどかな村の様子を眺めながら自嘲気味に笑った。

――ここで行き止まりか？　いや…、あそこから先に進めそうだな。

ひたすらまっすぐ歩いていると、やがて鬱蒼《うっそう》と生い茂った木々が壁のように立ちはだかる。一瞬ここが行き止まりかと思ったが、ふと奥に続く細い道が目に入った。

今引き返したところで、昼食までまだ時間がある。

また暇《ひま》を持て余すだけだろうと思い、カインはさらに奥へと進むことにした。

豊かな自然。そびえ立つ立派な大木。

道はまっすぐ続いているため、迷う心配はなさそうだ。

注意深く辺りを見回しながら奥に入っていくと、急に開けた場所に出る。気づけばカインは美しい湖のほとりに立っていた。

「ここは……」

――村の奥には、こんな場所があったのか。

なんて澄んだ水だろう。

誘われるように身を屈めると水面に自分の顔が映る。その顔はまだ少し眠たそうで、あれだけ寝てもまだ足りていないようだと苦笑し、眠気を覚ますために湖の水で軽く顔を洗った。

そよぐ風は柔らかく、澄み切った空気が心地いい。

自然と頬が緩んでいくのを感じ、カインはいつになくのんびりした気持ちで湖を眺めていた。

たまにはこんなふうに過ごすのも悪くない。

これまではがむしゃらに走るばかりで、ゆっくりすることなどなかった。

十三歳のときに騎士団に入って八年。

少しは前に進めただろうか。

柔らかな風を感じながら、カインは目を閉じる。

このまま心を空っぽにして休んでいようと思っていたが、目を閉じた途端、この村の者たちの反応が頭の隅にちらついた。

「――ねぇ、そこで何してるの？」

「え？」

それから程なくして、突然背後から声をかけられた。

油断しすぎていたのか気配に気づかず、振り向くとそこには見覚えのある若い娘が立っている。

「……君は……昨日の……？」

「ヴェルよ」

「ヴェル？」

「やっぱり昨日、私に気づいてくれたのね」

「あ、あぁ……」

娘はにっこり笑ってカインを見つめている。

艶やかな長い黒髪。琥珀色の大きな瞳。

——やはりあれは見間違いではなかったのか……。

声をかけてきたのは、昨日の少女だ。

カインは若干の戸惑いを感じながら、彼女——ヴェルをまじまじと見つめた。

「ね…、そっちに行ってもいい？」

「え？　あぁ…、どうぞ」

「よかった！」

カインが頷くと、ヴェルは嬉しそうに駆け寄ってきた。

すぐ傍まで来て目を合わせ、なぜかその場にすとんと腰を下ろす。

意図が掴めず黙って見ていたところ、ヴェルはじぃっと見上げてくる。

まるで隣に座ってほしいと言わんばかりの眼差しだ。

カインもゆっくり腰を下ろすと、彼女は満面に笑みを浮かべて腕が触れるほど傍まで近寄ってきた。

「ふふっ」

「……？」

彼女はどうしてこんなに嬉しそうに笑っているのだろう。

困惑するカインだったが、誘われているわけではないというのはなんとなくわかる。屈託のない笑みには男女の駆け引きじみたものはなく、どちらかというと懐かれていると言ったほうが正しい気がした。

――もしかして、どこかで会ったことがあるのか？

しかし、記憶を辿《たど》ってもすぐには思い出せない。

表情や言動には幼さを感じるが、ヴェルはとても綺麗な娘だった。

年は十六、七歳といったところだろうか。美女が集まる王都でも目をひきそうな容姿で、一度でも会ったことがあるなら覚えていそうなものだが、なかなか思い出すことができない。

カインは考えあぐねた末に、それとなく探りを入れてみることにした。

「俺のことは、カインでいい」

「カイン？」

「そう」

「カイン…、カイン……。それがあなたのお名前なのね」

「……あぁ」

カインが頷くと、ヴェルは何度も『カイン』と反芻《はんすう》していた。

どう見ても、はじめて知ったという様子だ。

考えてみれば、彼女のほうも『ヴェル』と名乗ったくらいなのだから、知り合いというわけではないのだろう。

　ならば、これほどはっきりした好意を向けられているのはなぜなのか。

　あれこれ考えを巡らせている間も、ヴェルは互いの腕が触れ合うのも気にすることなく、ニコニコしながらカインに寄り添っていた。

「ねぇカイン、その髪…、触ってもいい？」

「髪…？　俺の髪にか？」

「そう、触ってみたいの」

「……別に、構わないが……、なぜ髪になど──…」

「わぁ…っ、柔らかーい！」

　カインが頷くと、ヴェルは喜びもあらわに手を伸ばし、頭を撫《な》でるように触ってきた。

　突然のことにカインはぎょっとするが、彼女はそんな驚きには気づかない。

　好奇心いっぱいに目を輝かせ、カインの銀髪を指で梳《と》かしてみたり、髪の流れを反対に変えてみたりと気の向くままに触りまくった挙げ句、顔や身体にまでぺたぺたと触れてきた。

「な…、何を…、なんでそんなに触るんだ……っ」

「だってすごく綺麗で」

「綺麗…!?　い…いや……、銀髪がこの国で珍しいのはわかるが、綺麗なわけはないだろう……」

「どうして？　綺麗は綺麗なのに……。この国では珍しいの……？　私、村を出たことがないからよくわからない……」

「一度も出たことがないのか？」

「うん」

「なら…、俺に会うのもはじめて……か」

「うん、はじめて」

ヴェルはこくんと頷き、キラキラとした目でカインを見つめてきた。

その間も一旦は引っ込めた手を、うずうずした様子で握ったり閉じたりしている。カインに触れるのを我慢しているようだ。

――この髪が綺麗……？

他にも疑問はあれど、カインにとっては自分の髪を綺麗と言われたことが何よりも衝撃だった。

何せ、カインは実の親からもただの一度も褒《ほ》められたことがないのだ。

銀色の髪。翡翠色の瞳。

家族の誰にも自分と似た者はいない。生まれも育ちもこの国なのに、どういうわけか自分だけがこんなふうに生まれてしまった。

そのせいで両親は幼い頃から喧嘩《けんか》が絶えなかった。

『──正直に言うんだ。おまえ、俺がいない間に他の男と浮気したんだろう!?』

『してないわ！　何度も言ってるじゃない！』

『だったらなんでカインはあんな見た目で生まれてきたんだ！　俺もおまえも黒髪で黒い瞳だ。親戚中見回したって銀髪なんていやしない。それどころか、この国にはきっと一人もいない！　おまえが浮気したんじゃなければ、なんだっていうんだ!?』

『知らないわっ！　そんなの私が知りたいくらいよ！　もういい加減にして……ッ！』

覚えているのは激しい言い争いばかりだ。

化け物を生んだと周りからつまはじきにされ、両親もはけ口がなかったのだろう。

顔を合わせれば夫婦喧嘩をし、時には取っ組み合いになり、その憤《いきどお》りは当然カインにも向けられた。

『あんたさえ生まれてこなければ……ッ！』

『おまえがいるせいで……っ！』

何度存在を否定されたかわからない。

何度生まなければよかったと泣かれたかわからない。

誰一人、両親さえも自分を認めてはくれなかった。

まして初対面で笑顔を向けられるなど、まずあり得ない。

この村に来たときの老婆のような反応が、カインにとっての当たり前だった。

「君は、俺が怖くないのか……？」

「うん、怖くないけど……、どうしてそんなこと聞くの？」

「……いや…、それは……」

澄んだ瞳に嘘は見られない。

彼女は自分に対して悪意も恐れも抱いていないようだった。

「あっ、カイン見て！　今日はいつもより湖がキラキラしてるの！」

「……ああ、綺麗だな」

「きっと、あなたがここにいるからね！」

「俺が？」

「ふふっ」

ヴェルは嬉しそうに口元を押さえ、コクコクと頷いている。

彼女が何を言っているのかはよくわからなかったが、カインはそれ以上問いかけることはせずにキラキラと輝く水面に目を細めた。

愉《たの》しげな小鳥のさえずり。

柔らかな風でそよぐ枝葉の音。

不思議なほどに安らぎを覚えていた。

「ねぇカイン……？」

しばらくして、彼女に呼ばれて我に返る。

振り向くと、そこには潤《うる》んだ瞳があった。目が逸らせぬほどの一途な眼差しで、カインの心臓がドクリと跳ねる。胸の奥に甘い疼《うず》きを感じ、密かに唾《つば》を飲み込んだ。

「どうか…、したのか……？」

「……私…、私ね……」

言いながら、ヴェルはおずおずと手を伸ばす。

それを見て自分の髪に触りたいのだと察し、カインは迷いながらも彼女のほうへと頭を傾けてやった。

すると、ヴェルはぱぁっと笑顔になり、間髪を容れずに触ってくる。

柔らかな手のひら。

ほのかに漂う甘い香り。

なんだか、いろいろ気にするのが馬鹿らしくなってきた。

そんなに触りたいなら好きにすればいい。

ヴェルに触られるのは、そう悪いものではなかった。

「――ヴェルー…」

そのとき、どこからか彼女を呼ぶ声が聞こえてきた。

顔を上げると、ヴェルは湖まで続く細い一本道を見ていた。

その道を戻れば民家のある場所に出る。彼女の家族が捜しているのかもしれなかった。

「君の家族か？」

「おばあちゃん」

「そうか。なら、戻ったほうがいい」

「……ん」

ヴェルは名残《なごり》惜しげにカインの髪から手を放して立ち上がる。

しかし、彼女はその場からなかなか動こうとしない。

もの言いたげな眼差しでこちらを見ているので、「どうした？」と首を傾げると彼女はもじもじしながら口を開いた。

「あの…、明日もここに来れば、カインに会える？」

「え…？」

「……会えないの？」

「それは……」

「だ…、だったら明後日は……？」

言い淀んでいると、さらに問いかけられる。

彼女は、カインがずっとここにいるとでも思っているのだろうか。

自分たちは今日の昼食後には村を出て行くのだ。

そうすればもう会うことはないだろう。

けれど、それを言葉にはできない。

口にした途端、彼女が泣き出してしまう気がして言えなかった。

「……明日も、ここにいる」

「ほ、本当…？」

「あぁ、本当だ」

「よかったぁ……っ！」

「だから、もう行くといい」

「うん…、絶対ね、約束だからね！」

ヴェルは頬を紅潮《こうちょう》させて何度も頷く。

そうしている間も彼女を呼ぶ声がしていたので早く帰るように促すと、ヴェルはようやくカインから離れた。しかし、何度も振り返っては両手をぶんぶん振っていて、美しく淑《しと》やかな見た目に反して、その様子は無邪気な子供のようだった。

「……変わった娘だ」

ヴェルの姿が見えなくなると途端に辺りが静かになり、カインはくすりと笑う。

こんなに優しい気持ちになるのははじめてな気がした。

誰もが一度は必ずカインを警戒するが、彼女にはそれがまるでない。

だから髪を触られても、顔や身体を触られても受け入れられたのだろう。

鳥のさえずりと風にそよぐ枝葉の音。

まだ微かに漂う甘い残り香……。

カインはしばし湖を眺めていたが、ふと空を見上げた。

村を散歩しているときは晴れていたというのに、いつの間にか黒い雲で辺りが覆われ、今にも降り出しそうな空模様になっていた。

「なんて変わりやすい天気だ……」

昨日の荒天が頭を過《よぎ》って顔をしかめる。

この辺りには他に休めそうな場所がない。無理に村を出ても昨日のような豪雨になれば、たちまち身動きが取れなくなるだろう。皆を危険な目に遭わせるだけなのは目に見えていた。

「……もう少しここで休んでいくか」

カインはため息交じりに息をつく。

幸いにも、自分たちは任務を終えている。

国王への報告は残っているものの、早馬を飛ばして伝令を向かわせているため、危険を冒してまで急ぐ必要はなかった。

老婆の嫌がる顔が目に浮かぶが、なんとか分かってもらうしかない。

それに、雨が降りそうなことにほっとしている自分もいるのだ。

もしかすると、ヴェルとの小さな約束を違えずに済んだことを、密かに安堵していたのかもしれなかった——。

❀　❀　❀

「——ヴェル…、ヴェル…ッ！」

一方、カインと別れたヴェルは、それからすぐに民家のある場所まで戻っていた。

繰り返し自分を呼ぶ声は、通りのさらに向こうから聞こえてくる。ヴェルは足を止めることなく、そのまま通りを駆け抜けていった。

「おばあちゃん……っ！」

「あっ、ヴェル…ッ！　どこへ行っていたんだい!?　家にいないから心配したじゃないの！」

息を切らせて戻ると、ヴェルの家の前に白髪の老婆がいた。

見れば隣の家の人もいたので、一緒に捜していたのかもしれない。

白髪の老婆はヴェルに気づくや否や、慌てた様子で近寄ってくる。

いつもは呼べばすぐに戻るのに、今日はもたもたしていたから心配させてしまったのだろう。

「ごめんなさい。天気がよかったから、『水神《みずがみ》さま』に会いに湖へ行っていたの」

「水神さまに？　あぁ、なんだ、そうだったの……」

「今日は特に水がキラキラして綺麗だったのよ」

「それはよかったねぇ。だけど雲行きが怪しくなってきたようだから、もう中に入りなさい。お昼も用意しておいたからね」

「ありがとう。……あ、隣のおばあちゃんも、心配かけてごめんなさい」

「無事ならいいんだよ。よかったよかった」

ヴェルは素直に謝罪し、隣の家の老婆にも声をかける。

隣の家の老婆はニコニコ笑って頷くと、空を見上げて「また降りそうだねぇ」とぶつぶつ言いながら家に戻っていく。ヴェルはそれを見送ったあと、白髪の老婆と自分の家に入っていった。

「おばあちゃん、あのね…っ、今日は湖で…――」

「ヴェル、これからは行き先を誰かに言ってから出かけなさい」

「え…？」

「皆、心配するからね」

「私が一人で行く場所なんて湖くらいよ？」

「それでもだよ」

「……、……ん、わかった」

家に入るなりヴェルは笑顔で口を開いたが、話を遮るように注意されて思わず言葉を呑み込んだ。

ここはとても狭い村だ。

家も十軒ほどしかなく、大きな声で呼ばれればどこからでも聞こえる。

今までそんなことなど言われたことがなかったのに、いきなりどうしたのだろう。

――いちいち行き先を言うだなんて、なんだか窮屈《きゅうくつ》な気分……。

ヴェルは腑《ふ》に落ちない気持ちで居間に向かった。

すると、居間のテーブルに料理ののった皿が置かれてあるのが目に入り、『きゅう…』と腹の音が鳴る。気づかぬうちにお腹が減っていたようで、美味しそうな匂いに誘われるまま椅子《いす》に座った。

「よく噛んで食べなさい」

「うん、いただきますっ」

「あ…っと、その前に一つだけ言わなきゃいけないことがあったんだ」

「……え、なに？」

まずはスープを飲もうと思い、スプーンを摑もうとしたときだった。

老婆の一言でおあずけを食らった形になり、伸ばしかけた手は途中で止まる。顔を上げると、老婆はなぜか強ばった表情をしていた。

「ヴェル、昨日村に来た男たち……、覚えているね？」

「え？　うん、もちろん」

「彼らには近づいてはいけないよ」

「……え？」

抑え気味の声で、老婆は低く囁《ささや》く。

だが、突然のことにヴェルは目を瞬かせるばかりだ。

老婆がなぜそんなことを言うのか理解できなかった。

「ど…、どうしてだめなの……？」

「どうしてって、それはヴェルが『水神さまの花嫁』だからだよ」

「……う…、うん……？」

「だから、絶対に彼らに近づいちゃいけない」

「う……」

珍しく厳しい口調だった。

ヴェルは困惑して上手く答えられずにいたが、反抗するとは思っていないのだろう。老婆はそれだけ言うと、すぐに居間から出て行こうとしていた。

「じゃあ、私はそろそろ帰るよ。雨が降りそうだからね」

「う…、うん」

「……まったく、レスターさまのいないときに厄介《やっかい》なことだよ。家は宿代わりにされて、食事まで面倒見なきゃならないなんて……。おまけにあの銀髪…、本当に恐ろしいったらないよ……。まぁ、それも昼までの辛抱《しんぼう》だけど……」

老婆は心底嫌そうに顔をしかめ、独り言を言いながら居間を出て行く。

廊下を歩く足音が徐々に小さくなり、やがて『ギィ…』と軋むような音が聞こえ、間を置いて扉が閉まる音が響いた。

「……帰っちゃった」

急に静かになった家の中で、ヴェルはぽつりと呟く。

あの老婆とは一緒に住んでいるわけではない。

『おばあちゃん』と呼んでいるが、血の繋がりがあるわけでもない。

ただ、朝昼晩と食事を持ってきてくれるだけなのだ。

けれど、それを疑問に思ったことはない。

物心がついたときには、ヴェルはここに一人で住んでいた。

村の人たちは皆親切で、いつも気にかけてくれる。

朝昼晩と誰かが必ず食事を持ってきてくれるし、服は毎日綺麗なものを渡され、何一つ不自由なことはなかった。

「……今日のおばあちゃん、なんだか変だったな」

だからこれは、はじめての疑問だった。

老婆の言っていたことの意味が、何度考えてもわからない。

昨日はカインたちがあの老婆の家を訪ねてきて、老婆はいろいろ面倒を見ていたようだが、細かなことはさっぱりわからない。

――どうしてカインに近づいちゃいけないの？

銀髪の男とはカインを指しているのだろうが、何がどう恐ろしいのかも理解できなかった。

「だって、カインはどう見ても『水神さま』なのに……」

ヴェルは瞬きをしながら、きょとんと首を傾げる。

窓のほうを見ると、雨が降りはじめていた。

ヴェルはそれからしばらくの間、腑に落ちない思いで考え込み、なかなか食事に手をつけることができなかった――。

第二章

どんよりした雲。

今にも降り出しそうな空模様。

朝起きたときには晴れていたというのに、朝食を済ませた頃には雲が厚くなっている。

騎士団が村に来て一週間が経つが、ずっとこんな天気が続いていた。

「――カイン…っ！」

この日もヴェルは、朝食後すぐに湖に向かっていた。

細い一本道を通って開けた場所に出ると、ヴェルは途端に笑顔を浮かべる。

湖のほとりに腰かける大きな背中。

風に揺れる銀髪。

「……ヴェル、走ってきたのか？」

ヴェルが声をかけると、カインはゆっくり振り返った。

意志の強そうな深い翡翠色の瞳。

ヴェルは肩で息をしながら、引き寄せられるように彼に近づいていく。

白髪の老婆に近づいてはいけないと言われたが、理由は教えてくれなかった。

それではとても納得できず、カインとは老婆よりも先に約束をしていたのだからと翌日も湖に向かい、結局毎日のように会っていた。

村の決まりで、老婆たちは湖の周辺に立ち入ることができない。

ここに来てもいいのはヴェルと『もう一人』だけで、今はその『もう一人』が村にいないから、この一週間は誰にも知られずにカインと過ごすことができた。

「カインに早く会いたかったの」

「だからって、転んで怪我をしたらどうするんだ。俺は突然消えたりしないんだから、ゆっくり来ればいい。こんな天気では、どうせ今日も村を出られない」

「雨が降りそうだから？」

「あぁ、村の人たちには迷惑だろうが……」

「そんなことないっ、私は嬉しいものっ！」

「……そうか」

「うんっ」

ヴェルは大きく頷き、カインの横にちょこんと腰かける。

じっと見つめると、彼は少し顔を赤くしてヴェルから目を逸らした。軽く咳払いをすると銀色の睫毛《まつげ》が揺れて、ただそれだけのことに釘付けになる。

——この先も、ずっと雨が降りますように……。

ヴェルは密かに心の中でそう願う。

どうやら、カインたちは晴れたら村を出て行くつもりらしい。

大事な話を誰かにしなければならないのだと言っていたが、こうして折角会えたのに離れたくない。話なら他の人たちでもできるはずだ。カインだけでいいから、ずっとこの村に留まってもらいたかった。

「ね、また触ってもいい？」

「え？　あ…、あぁ……、構わないが……」

風に揺れる銀髪があんまり綺麗で、ヴェルは堪らず手を伸ばす。

彼が頷く前にしなやかな髪を指で梳き、ついでにすべすべの頬を反対の手で撫でた。

どうしてか、カインを見ていると触りたくなってうずうずしてしまう。もちろん嫌がったらそこでやめようと思うのだが、戸惑いながらも許してくれるから、ついしつこく触ってしまうのだ。

「ヴェルは…、本当に変わってるな」

「そ…う？」

「君は、この髪が珍しくて触っているわけではないんだろう？」

「うん。すごく綺麗なんだもの」

「そんなふうに言うのは、ヴェルだけだよ」

「ふぅん。皆、変わってるのね」

珍しいかどうかで言えば、確かにそうなのかもしれない。

ヴェルはこの村の者しか知らないが、カインのような銀髪は一人もいない。

だが、珍しいかどうかは自分にとってはどうでもいい話だ。

彼を見た瞬間から、ヴェルはこの髪だけでなく、顔や身体もすべて触って確かめたいと思っていた。それは決して興味本位などではなかった。

「カイン、どうして笑ってるの？　楽しいことがあったの？」

「……いや、っくく……」

「……？」

カインはなぜか肩を震わせて笑っている。

それがとても愉しそうに見えて、ヴェルは首を傾げて一緒に笑った。

彼が笑っているととても嬉しい。心がぽかぽかして幸せな気持ちになるのだ。

ヴェルはまた触りたくなってカインの頭を撫ではじめる。

髪の根元から毛先までを指先でなぞっていると不意に何かが指に引っかかり、ヴェルはなんの気なしにその紐《ひも》を引っ張った。

「どうかしたか？」

「灰色の紐が指に引っかかったの。カイン…、首飾りしてたんだね」

「……あぁ、それか」

「大切なもの？」

「いや、そう大したものじゃない」

「……ふぅん」

それは灰色の紐の先に小さな袋のようなものがついているだけの、首飾りと言うには少々味気ないものだった。

ヴェルがそれに触れるとカインは僅《わず》かに身じろぎをしたが、すぐになんでもない様子で湖に視線を戻す。

大したものでないのに、彼はこれを身につけているのだろうか。

ヴェルは不思議に思いながら灰色の紐から手を放し、カインの横顔をまたじっと見つめた。

視線に気づいてか、ややあって彼もこちらに顔を向ける。

深い眼差しに吸い込まれそうで、ヴェルは自然と鼓動が速まるのを感じた。

「ヴェル……」

それからしばしただ見つめ合っていたが、カインは不意にヴェルの手を握った。

ヴェルはごくんと唾を飲み込み、食い入るように彼を見つめる。

気のせいか、カインの顔が少しずつ近づいてくるようだ。

どうしてこんなにドキドキするのだろう。

彼の目に、自分は今どんなふうに映っているのだろう。

いつしか互いの息がかかるほどの距離まで近づき、ヴェルの心臓は痛いほどに鳴り響いていた。

「……ん」

次の瞬間、ふわりと柔らかなものが唇に触れた。

ヴェルはぴくんと肩を震わせ、瞬きを繰り返す。

あまりに近づきすぎたから、二人の唇がくっついてしまった。

しかしそれは、ほんの一瞬のことですぐに離れてしまう。カインの熱い吐息が唇にかかり、ヴェルは自分の呼吸が乱れるのを感じた。

「……嫌だったか……？」

「え…、う…、ううん……」

驚いて反応できなかったからか、窺うように顔を覗き込まれる。

ヴェルはふるふると首を横に振り、彼の唇を凝視した。

——今のは、たまたま唇がくっついたわけじゃなかったんだ……。ならば、この行為にはどんな意味があるのだろう。考えてもわからなかったけれど、彼の唇の感触を思い出すと頭の芯がじんとして、目眩を起こしそうになった。

「もっと……」

「え?」

「あ…、ううん。な、なんでもないの……っ」

ヴェルは無意識に出かけた言葉を慌てて引っ込めた。

今、何を言おうとしたのだろう。

もっとしてほしいと言おうとした気がして、ヴェルの顔はカーッと熱くなる。なぜだかとても恥ずかしくなってカインからぱっと離れ、隠れるように自分の両膝に顔を押しつけた。

すると、ヴェルの後頭部に大きな手が触れる。

やんわりとした優しい手つきで、今度はヴェルのほうがカインに頭を撫でられていた。

ヴェルの顔は火照《ほて》って真っ赤になっていたが、すぐに気持ちよくなってうっとりと目を閉じた。

「……カインの手、大きいね……」

「そうか……？」

「こんなふうに撫でられるのは、はじめて……」

「家族には？」

「……家族？」

「ヴェルの両親のことだよ。父上や母上、兄弟とか」

「……」

「もしかして、おばあさんと二人暮らしなのか……？　すまない。そこまで考えが及ばなかった」

「おばあさん？　ううん、私は一人暮らしよ」

「……一人暮らし？」

ヴェルの返答に、カインは怪訝《けげん》な様子で眉を寄せる。

だが、ヴェルには彼が何を疑問に思っているのかわからない。

彼の言う『おばあさん』とは、どの老婆のことだろう。

ぐるぐると考えを巡らせているうちに、一週間前に彼とはじめて話したときのことが頭を過る。カインは、あのときに自分を呼んでいた老婆と暮らしていると勘違いしているのだと思った。

「前に私を呼んでいたのは、近所のおばあちゃんよ。あのおばあちゃんはね、いつも私に食事を持ってきてくれる人なの。あ、カインも知ってるはずよ。カインたちに家を貸してるおばあちゃんだもの」

「どういうことだ……？」

ヴェルの説明に、カインは困惑気味だ。

今のではわかりづらかったのだろうか。

けれども、これ以上どう具体的に言えばいいのかわからない。頭を捻って言葉を探しているとカインのほうが先に口を開いた。

「ヴェルは、いつから一人で暮らしているんだ？」

「え…、はじめからだけど」

「はじめ…とは？」

「それは…、小さな頃から……」

「だったら、誰が君を育てたというんだ……？」

「どういうこと？」

「近所の老婆たちか？　食事の面倒を見てくれたから生きてこられたと、そういうことか……？」

カインは矢継《やつ》ぎ早に問いかけてくる。

しかし、ヴェルはそんなことは考えたこともない。

一人で暮らしているからなんだというのだろう。ヴェルには彼がどうしてそんな質問をするのか理解できなかった。

「よく……わからないけど……。家族って村の皆のこと……？　ずっと前に、レスターが村の皆を家族と思いなさいって言っていたけれど……」

「レスター？」

「村の神官よ」

「……この村には神官がいるのか？」

「今は出かけていていないけど、レスターは『水神さま』を奉《まつ》った祠《ほこら》を守っているの」

「水神…さま？」

カインはよくわからないといった顔で首を傾げる。

ヴェルはそれを不思議に思いながら、目の前の湖を指差した。

「水神さまは、この湖よ」

「……湖？」

「私たちにとって水神さまはとても大切な存在なの。だって、この綺麗な湖がなければ生きていくことはできない。村の井戸はここの水から来ているの。飲み水や食事、身体を洗ったり洗濯にも使ってる。そうやって皆が暮らせるのは水神さまがいるからよ。だから、私を育てたのは、水神さまなんだと思う」

カインはますます困惑した様子で湖に顔を向けた。

だが、ヴェルは話に夢中でそんな表情にはまるで気づかず、少し顔を赤らめて言葉を続ける。

「それで…ね。私、あと半年後に水神さまの花嫁になるの」

「え？　どうやって……」

「どうって…、この湖に身を沈めて……」

「……は？」

「だって、水神さまに身を捧げれば、村は豊かなままでいられるでしょう？　だから、花嫁に選ばれた私は特別なんだって……。レスターも村の皆も、とても栄誉なことだっていつも優しくしてくれるの」

言いながら、ヴェルはカインをチラチラと見た。

凛々しい横顔。

風になびく艶やかな銀髪。

その姿を見ているだけでヴェルはさらに顔が赤くなったが、そこでようやく彼の表情が強ばっているのに気づいて目を瞬かせた。

「どうしたの？」

「……ヴェル」

「は、はい」

「君は、それがどういう意味かわかっているのか……？」

感情を抑えたような低い声。

戸惑いながらも頷くと、カインは憤《いきどお》った様子で息をつき、予想だにしないことを言い出した。

「ヴェル、君は今すぐここを出るべきだ」

「え？」

「君は騙《だま》されている。湖に身を沈めればどうなるかはわかるだろう？　自分の命を犠牲にしてまで、どうして村のために尽くさなければならないんだ？　そんなものが栄誉であるわけないだろう」

彼は吐き捨てるように言うと、ヴェルの手を摑んで立ち上がった。

「俺が君をここから連れ出してやる」

「……え…、え……？」

——カインは何を言っているの？

騙されている？　栄誉ではない？

そんなわけがない。自分は大変な栄誉を与えられたのに、どうしてそれをカインが否定するのだろう。

「あ、あの…、カイン」

そもそも、どこへ連れ出すというのだ。

ヴェルはこの村から一度も出たことがない。

他の場所で生きるなど考えたこともなく、そのつもりもない。

それなのに、カインは当惑するヴェルの手を摑んで放そうとしなかった。

「――カイン団長！」

と、そのとき、後方から声がした。

聞き慣れない声に驚き、ヴェルはびくんと肩を揺らす。

ぱっと振り向くと、いつ森に入ってきたのか、若い男が草むらを掻き分けて大股で近づいてくる。

「ロバートか、なんの用だ？」

「なんのって…、捜しに来たに決まってるだろ？　今日もここに留まるのか確認しようとしたら、いつの間にか出かけたっていうし……」

「そうだったか」

「せめて一言、声をかけてくれよな」

そう言うと、男はため息交じりに笑った。

――彼は、カインと村に来た人……？

二人の会話を聞きながら、ヴェルは男をじっと観察する。

そういえば、カイン以外にも人がいたが、ほとんど覚えていない。

雨続きであまり家から出られないうえに、少しでも雨が止めば湖で過ごしていたのだから当然と言えば当然だった。

「もしかして、彼女が噂の……？」

それからすぐに、その男――ロバートはヴェルを見ながらカインに問いかける。

噂とはなんのことだろう。きょとんとしていると、ロバートは人懐こい笑みでヴェルに向き直った。

「はじめまして。俺はロバート、騎士団の副長をしています」

「……はじめまして。私は…、ヴェルよ」

「これは驚いたな……。団長が夢中になるわけだ」

ロバートとは初対面だったため、ヴェルは少し緊張しながら挨拶《あいさつ》をした。

しかし、その間、彼はヴェルを食い入るように見つめていて、何か納得した様子で息をついている。意味がわからず眉を寄せると、ロバートはハッとして苦笑いを浮かべた。

「あ、いや失礼。想像以上に可憐《かれん》な方だったので……。実を言うと、カイン団長に恋人ができたと仲間内で噂していたんですよ。あの硬派な団長を夢中にさせるなんて、相手はどんな美女だろうって。こう見えて団長はすごく奥手なのでね」

「おい、ロバート。不躾《ぶしつけ》なことを言うな」

カインはロバートの軽口を窘《たしな》め、じろりと睨んだ。

だが、怒っているわけではないのだろう。カインはにやにや笑うロバートから目を背けると、気まずそうに咳払いをしている。見ているだけで二人が親しい間柄なのだと伝わってくるようなやり取りだった。

「……騎士団…、カイン団長……？」

一拍置いて、ヴェルはぽつりと呟く。

自分が褒められたことよりも、カインを団長と呼んだことが頭に引っかかっていた。騎士団とはなんだろう。どうしてカインを団長などと呼ぶのか、わからないことだらけでぽかんとしてしまう。

それが顔に出ていたのだろうか。

ロバートはヴェルの疑問に答えるように話しはじめた。

「王都には十五の騎士団があって、そのすべてが国王陛下直属の兵士なんです。数年前までは隣国との争いで前線に立っていました。カイン団長は王都ではとても有名なんですよ。あの戦いでは数々の戦果を挙げて、争いを治めた立役者の一人でもあるんです。その功績を認められて、今から二年前、十九歳の若さで第三騎士団の騎士団長に任命されました。現在は講和条約が結ばれたので、王都の治安を守ることが騎士団の主な役目ですが、陛下からは今も絶大な信頼を寄せられています」

「……そ、そう……なの……」

ロバートは優しくゆっくりした口調で丁寧に説明してくれた。

けれど、ヴェルにはうまく理解できない。いつどこで争いがあったのか、それすら知らなかった。

「じゃ…、じゃあ…、カインは…、ずっとあなたたちと一緒だったの……？」

「ええ、かれこれ七年くらいは」

「七年っ!?」

その答えにヴェルは素っ頓狂な声を上げ、カインに目を向ける。

彼は自分のことをあれこれ話されるのが苦手なのか、顔をしかめて「余計なことを……」と呆れたように呟いていた。

「だったら、カインは……」

ヴェルはごくっと唾を飲み込み、微かに声を震わせる。

ロバートの話は自分には難しすぎて半分も理解できなかったが、一つだけはっきりとわかってしまった。

自分が毎日のようにこの湖を眺めていたとき、カインは別の場所にいた。

つまり彼は、自分とはまるで違う世界で生きてきたということだった。

「カインは…、水神さまじゃなかったんだ……」

「……え？」

ヴェルは呆然とカインを見上げる。

彼は、自分の思っていた相手ではなかった。

──私の、勘違いだったんだ……。

だから老婆が忠告したのだ。近づいてはいけないと言ってくれたのに、まったく聞く耳を持たなかった。自分はしてはいけないことをしてしまったのだ。

「ヴェル、今のはどういう…──」

「や…っ」

立ち尽くしていると、カインが怪訝そうに顔を覗き込む。

瞬間、ヴェルは彼から離れようとした。しかし、手が繋がれていたことをすっかり忘れていたため、反動で引き戻されそうになってしまう。カインは眉をひそめて手に力を込めたので、ヴェルは慌ててその手を振り払おうとした。

「──ここで何をしているんだ……っ!?」

「……ッ」

そのとき、一本道の向こうから、突然怒声が響く。

ヴェルは驚いて身を縮ませるが、すぐに知っている声だと気づいて振り返る。

思ったとおり、そこにいたのは自分のよく知る相手だった。

「レスター、お帰りなさ……」

「ヴェル、こっちに来なさい」

「え…」

「早く来なさい」

声の主は、ここ二週間ほど不在にしていた神官のレスターだった。

いつもは穏やかなのに、珍しく口調が厳しい。

ヴェルは戸惑い気味に頷き、カインに目を向ける。なぜだか『手を放して』という一言が言い出せずに困り切っていると、手の力が緩んでカインのほうから放してくれた。

「ヴェル、早く来なさい」

「……あ、うん」

ヴェルはそのままおずおずとレスターのもとへ向かう。

だが、傍まで行くといきなり腕を摑まれ、やや強引に引き寄せられた。

「あ…っ」

「私はレスター、水神を奉った祠を守っている神官です。あなた方のことは村の者から聞きました。荒天続きでなかなか王都に戻れずにいるとか……」

レスターは微かに息をつくと、カインたちに向き直ってそう話しかける。

「……あんたが、レスター……。──あぁ、いや失礼。あなたの言うとおり、嵐で道に迷っていたところ、偶然この村を見つけて……。迷惑と知りながら、もう一週間も世話になってしまっている」

「そうでしたか。実は、私も連日の嵐に足止めされて、予定より戻るのが遅れてしまったのですよ。この辺りの地理がわかる私でこうなのですから、あなた方が動かずにいたのは賢明な判断だったかと……。どうぞ、あの家はここを出られるまで旅の宿としてお使いください。家人には私から話しておきましょう」

「それはありがたい。多大なご厚意に感謝する」

「いえ、大したことではありません。それはそうと…、あなたはもしや王国騎士団の……」

「……あぁ、第三騎士団の者だ。今は王都を守る十五の騎士団の一つを任されている」

「銀髪の騎士…、噂どおりの方だ。お目にかかれて光栄です」

「……」

レスターは柔和な笑みを浮かべながらも、探るような目でカインを見ている。

だが、彼もカインたちの状況は理解しているようで、このまま客人として受け入れるみたいだ。それなのに、場の空気が徐々にぴりぴりしてくるのがわかり、ヴェルはハラハラした気持ちで二人のやり取りを聞いていた。

「ところで、あなた方に一つだけお願いがあるのです」

「お願い?」

「はい、騎士団の方たちであろうと、村の掟には従っていただきたいのです。湖のあるこの森には、私とヴェルしか立ち入りが許されておりません。ですから、ここへは二度と立ち入らないでいただきたいのです」

「え…?」

「では、なるべく早く宿にお戻りください。今日のところは、見なかったことにいたしますので……。――ヴェル、おまえは私の家においで。お土産をたくさん買ってきたんだよ」

「……う…ん」

レスターはやや一方的にカインたちにそう告げると、ヴェルを摑む手に力を込めてにっこり笑う。

僅かに痛みを感じたが、なんだか怒っているように思えて『痛い』と訴えることができなかった。

「ヴェル!」

歩き出そうとすると、引き留めるようにカインに名を呼ばれる。

ヴェルは反射的に振り向こうとしたが、レスターはさらに手に力を込めた。

「……いたっ」

「ヴェル、行こうか」

「で…、でも……」

「行こう」

「……、……うん」

有無を言わせぬ雰囲気に戸惑いを隠せない。

――レスター、なんだか変……。

カインの視線を背中に感じたが、振り向くことができない。

ヴェルはそのままレスターと歩き出し、村の外れにひっそりと建つレスターの屋敷へと向かったのだった。

❀　❀　❀

他の家より少し立派なレスターの屋敷。

門をくぐれば、庭には厩舎《きゅうしゃ》が見えてくる。

月の半分は旅をしているから、馬はとても大切なのだとレスターは口癖のように言う。

そうやって彼が頻繁に出かけるのは、水神の偉大さを人々に広める活動をするためだ。

具体的にどんな活動をしているかは知らないが、村の者は老人ばかりとあって、出かけるのはいつも彼一人だった。

その間、ヴェルは大人しく留守番をしている。

水神の花嫁は村を出てはいけないという決まりがあるからだ。

その代わり、レスターが戻ったときには真っ先にヴェルを呼んでお土産をくれるので、大きな愉しみの一つではあった。

「ヴェル、林檎《りんご》だよ。前に好きだと言っていたから、また買ってきたんだ」

「あ…、ありがとう……」

「食料もたくさん仕入れてきたよ。村の皆も喜ぶだろう」

「う…ん。確か、レスターは王都に行ってたんだよね……？　ずいぶん、たくさん物がある場所なんだね。どんなところなの？」

「……そうだな。一言で言えば、人が多い場所かな。そのぶん、布教には打って付けだが、広いだけでつまらない場所だよ。この村のほうが遥かに素晴らしい。だから、興味を持つのはやめなさい。どのみち、ヴェルは村から出られない身なのだからね」

「わ…、わかってる。……別に興味はないんだよ？」

「ならいいけれど」

「……うん」

ヴェルは小さく頷き、林檎を齧《かじ》る。

ここ数年、レスターは王都で布教していた。

そのため、ヴェルも王都の存在をまったく知らないわけではなかったが、どんな場所かと聞いてもレスターは大したことは教えてくれない。

ただ、毎回村の皆が一か月は生活できるだけの大量の物資を持ち帰ってくるため、物がたくさんある場所という認識だけはある。また、ヴェルが村を出ないのは『水神の花嫁が村を出ると災いが起こる』とされているからであり、これまでは村の外に興味を持たないようにしてきた部分があった。

——でも、カインは王都の人……。

ヴェルは暗い顔で林檎を咀嚼《そしゃく》する。

いつもは美味しいと思う林檎の味がよくわからない。

カインを水神だと思い込んでいたことを、いまだ強く引きずっていた。

「ところでヴェル、どうして彼らを森に入れたんだ？」

「えっ、彼ら……？」

「あそこにいた二人だよ。銀髪の男と、もう一人。あの森にはヴェルと私しか入ることが許されていないのに、どうしてそれを破ったんだ？」

「や…、破ったつもりは……」

もう一人とはおそらくロバートのことだろう。

彼とは今日まで面識がなかったから二人ではないと言いたかったが、カインとは毎日のように会っていたので言い訳できない。

口ごもっていると、レスターはため息交じりにヴェルを諭《さと》した。

「……まぁ…、相手は屈強な兵士だ。強く出られないのはわかる。だが、彼らにはもう二度と近づいてはいけないよ。特にあの銀髪の男はだめだ」

「ど、どうして……？」

「これまで布教のためにさまざまな場所に出かけたが、あのような髪の色や瞳をした者は見たことがない。あの男は、災いを呼び込む悪しき存在かもしれない……」

ヴェルはびっくりして目を丸くした。

――カインが悪しき存在……？

レスターがそんなことを言うとは思わなかった。

髪の色や目の色が他と違うと、どうして悪しき存在になるのだろう。

考えてもわからない。

それどころか、少しも納得できない。

なぜなら、ヴェルは幼い頃、レスターに聞いたことがあるのだ。

『――ねぇ、レスター。水神さまはどんな姿をしているの？』

物心がつく頃には自分が水神の花嫁になる身だと自覚していたが、相手のことをもっと知りたいという純粋な気持ちから出た質問だった。

それに対して、レスターはにっこり笑ってこう答えたのだ。

『ヴェルが想像したとおりの姿で現れるんだよ』

『私が想像したとおり？』

『そうだよ。だから安心してそのときを待っていなさい』

『うん！』

ヴェルは彼の言葉を素直に信じ、その日、レスターの屋敷から帰る間、ずっと水神の姿を想像していた。

水神は、どんな姿をしているのだろう。

顔は、髪は、背は…、想像するだけでわくわくした。

ヴェルはあれこれ想像を膨《ふく》らませ、そのまま湖に立ち寄った。

そうしたら突然風が吹いて、ふとその姿が頭に浮かんだのだ。

風に揺れる銀色の髪。

高い鼻梁《びりょう》、形のいい唇。

吸い込まれそうな翡翠色の深い瞳――。

それは驚くほど鮮明な姿だったから、水神が見せてくれた姿なのだと思った。

だからヴェルは『彼』の花嫁になることを夢見て、そのときが来るのを待ち続けてきたのだ。

それなのに、カインは水神ではなかった。

想い描いていたとおりの姿を目にして、迎えに来てくれたと勘違いしてしまった。

――レスターの嘘つき……。

今まで信じてきたものをすべて否定されたようで混乱する。

どうしてカインは水神ではないのだろう。

それだけでなく、髪の色や瞳の色が他と違うという理由で、カインが悪く言われていることもヴェルには理解できなかった。

「ヴェル、わかったね？　彼らには二度と近づいてはいけないよ」

しかし、レスターはヴェルのそんな感情には気づかないようだ。

返事をせずにいると顔を覗き込んできたので、ヴェルは口を尖《とが》らせてふいっと顔を背けた。

ところが、その直後、

「――…っ!?」

ヴェルはびくんと肩を揺らした。

突然、肌に感じた刺激。

つぅ…と、指先が首筋を掠《かす》め、耳たぶに息がかかったのだ。

――なに…、してるの……？

驚いて固まっていると、レスターの指先がゆっくり動き出す。

何度も首筋を往復していくうちに、耳にかかる息が異様に熱くなって、ぞわりと鳥肌が立った。

「……ッ、……レス…ター……？」

ヴェルは困惑しながら間近にあるレスターの顔を凝視した。

すると、僅かに血走った目と視線がぶつかって、金縛りに遭ったように身体が動かなくなる。彼は数秒ほどヴェルの様子を黙って見ていたが、すっと手を引いて離れていった。

「ヴェル、返事は？」

ややあって、レスターは何事もなかったかのように繰り返す。

その顔は、いつもどおりのレスターだった。

――気のせい…、かな……。

おかしな触り方。血走った目。

自分の知るレスターとは、あまりに違ったからだろうか。

ぞわぞわした感触がなくなると、微かな疑問も一緒に消えてしまった。

その後もレスターは何度か返事を促してきたが、やはりヴェルには納得がいかず、どうしても首を縦に振ることができなかった――。

❀　❀　❀

その日の夜。

あれから、ヴェルはすぐに家に戻ったが、昼頃から降りはじめた雨は夜になるとさらに勢いを増していた。

「夜は星を眺めるくらいしか楽しみがないのに……」

ヴェルは窓辺に立ち、外を見つめて息をつく。

この村は山間にあるためにもともと天候が変わりやすいが、これほどまでに荒天が続くことは滅多になかった。

なんだか家に一人でいるのが心細い。

風が吹くたびに雨粒が窓を叩くから、いちいちびくついてしまう。

とうに食事を済ませて夜着にも着替え、あとはもう寝るだけだというのに、これでは眠れそうにない。今までレスターが戻ってきた日は笑顔で眠ってしまうほどだったのに、今日は悶々《もんもん》とした気持ちが募るばかりだった。

――皆、どうしてカインを悪く言うの？

ヴェルは眉根を寄せ、またため息をつく。

彼をよく思っていないのは、なにもレスターに限ったことではない。

いつも食事を持ってきてくれる老婆もそれは同じだ。

老婆は二時間ほど前にヴェルに夕食を持ってきたが、そのときも『せめてあの銀色の男がいなければねぇ…』などと言って嫌そうに顔をしかめていた。

自分のことではないのに、哀しくて仕方がない。

思い出すだけで気持ちが沈む。

ヴェルにとって、こういう感情ははじめてだった。

――コン、コン……。

そのとき、ふと雨音に混じって微かな音が聞こえた。

こんな時間に誰だろう。

玄関扉を叩く音だと気づいて、ヴェルは廊下に出る。寝る時間に誰かが訪ねてくることなど滅多になく、不思議に思いながら鍵を開けて扉を開いた。

「……え、カイン……？」

途端にヴェルは目を見開く。

そこには雨の中に佇むカインがいた。彼は雨に打たれるのも気にせず、じっとこちらを見つめていた。

「少しだけ、話がしたいんだ」

「は…、話って……？」

「もちろん、中には入らない。ここで構わないから……」

カインは足下を指差し、『だめだろうか』と尋ねるように首を傾ける。

けれど、外は雨風がますます強くなっているようで、玄関扉を開けているだけで雨が吹き込んでくるほどだ。

「だめよ、こんなところで話なんてできない」

「少しでいいんだ」

「わかったから、中に入って！」

「え？　ちょっ……」

こんな天候の中、わざわざ訪ねてくるなんてよほどのことだ。

ヴェルは彼の腕を引っ張って、素早く玄関扉を閉める。

二人で話しているのを村の誰かに見られて、それがレスターに伝わるのを懸念する気持ちもあった。

「大変、びしょびしょだわ！　ちょっと待っててね！」

改めて見るとカインは髪から水が滴《したた》るほど濡れていた。

何か拭くものを持ってこようと思い、急いで廊下を引き返そうとすると、それを押しとどめるように腕を摑まれた。

「いいんだ。すぐに帰るから」

「で、でも……っ」

「これくらいで風邪をひくほどヤワじゃない。だから気を遣わないでくれ」

「……ほ、本当に大丈夫……なの？」

「あぁ、ありがとう」

「う…、ううん……」

何もしていないのに、礼を言われても困ってしまう。

まっすぐ見られてなんだか照れくさい。

もじもじしていると、彼に腕を摑まれていることに気づいて心臓が跳ねる。

カインは水神ではないと自分に強く言い聞かせたが、触れられていると思っただけで心がざわついていた。

「ヴェル、俺たちは明日、ここを出ようと思っている」

だが、一拍置いて告げられた言葉で、そんな気持ちは一気に吹き飛ばされてしまう。

「……え……？」

ヴェルは瞬きを繰り返し、カインを見上げる。

すぐには話を呑み込めなかったが、徐々に全身から血の気がひいていくのを感じて息が震えた。

「ど、どうして……？」

「俺たちがここに来て、もう一週間だ。さすがにこれ以上迷惑をかけるのは心苦しい。村の人たちの厚意に甘えすぎてしまった」

「そんな…っ、だってまだ雨がたくさん降ってるのに……っ」

「……それは…、あまり酷い天候なら考えを改めなければならないが……」

「そ…、そうよ…、無理に出て行かなくても……」

「だが、朝になってさほど降っていなければ出て行くつもりだ」

「……っ」

ヴェルは呆然と立ち尽くした。

カインはそれを言うために来たのだろうか。

別れを言うために、わざわざ雨の中やってきたのだろうか。

——雨が止まないうちは、ここにいると思ったのに……。

カインがいなくなると考えただけで頭が真っ白になる。置いてきぼりにされたようで途方に暮れてしまいそうになった。

「だからヴェル…、一緒に来てほしい」

「……、……え？」

「君を、連れて帰りたいんだ」

「……え」

握られた手に、僅かに力が込められる。

思いも寄らないことばかり言われて、ヴェルの思考はなかなか追いつかない。

彼と一緒に行くということは、この村を出るということだ。昼にも似たようなことを言われたが、ヴェルにとってそれはあまりに途方もない話だった。

「そ…、そんなこと、言われても……」

ヴェルは激しく動揺して後ずさる。

しかし、腕を摑まれているのでほとんど動けない。

ごくっと唾を飲み込んでカインを見上げると、強い眼差しに射貫かれて鼓動が速くなった。

「……無茶を言っているのはわかっている。だが、君をここに置いていきたくない。助けたいんだ」

「助けたい？」

「あぁそうだ。俺は、君を助けたいと思っている。……こんなことを誰かに思うのははじめてなんだ。だから、後悔したくない……」

そう言うと、カインは目を伏せる。

その表情にはどこか暗い影を感じるものの、理由はわからない。

大切なことを言われた気もするが、それさえわからなかった。

——助けたいって、なんのこと……？

首を傾げていると、カインは深く息をついてヴェルの手を放した。

「……明日までに決めてくれ。夜遅くにすまなかった」

それだけ言葉を残し、カインは素早く身を翻《ひるがえ》す。

「え…、待っ……」

追いかけようとしたときには、すでに彼は外に出たあとだった。

ヴェルは扉の前で呆然と立ち尽くす。

そんなことを言われても困る。

自分には大切な役目があるのに、一緒に行けるわけがない。

このまま追いかけても答えは変わらない。足はカインを追いかけようとしていたけれど、
力を入れてどうにかその場に踏みとどまっていた。

「……無理よ……。無茶言わないで……」

ヴェルは言い聞かせるように首を横に振る。

カインがここを出て行けば、もう二度と会えないかもしれない。

そう思うと胸が張り裂けそうで、涙が溢《あふ》れて止まらなかった——。

第三章

——翌朝。

一晩中降り続けた雨は、朝になると止んでいた。

とはいえ、空は相変わらずどんよりとした黒い雲が覆っている。

いつまた降り出してもおかしくない状況ではあるが、そんなことを言っていたらいつまで経っても王都に戻れない。神官のレスターが戻って来られたのも、こうした止み間を上手く狙ったからだろう。

ならば、雨が降り出す前に雨雲の下から抜けるしかない。

カインは、朝食が済み次第すぐに旅の準備をするよう部下たちに命じた。

「——おまえたち、しっかり準備しておけ。この辺りには他に宿を取れそうな場所がないんだ。いざとなったら野宿を覚悟しろよ」

「はいっ！」

副長のロバートの言葉に、六人の部下たちが威勢よく返事をする。

朝食をとったあと、彼らはカインの指示で荷物を纏め、村を出る準備をしていた。

雨続きでほとんど外に出られないうえ、娯楽も何もないこの村に飽き飽きしていたのだろう。野宿を覚悟しろと言われているというのに、その表情はやけに明るかった。

ここにいるのは、総勢八名。

もちろん、騎士団はこんなに少人数ではない。

ここ数年、王都を荒らす盗賊団の存在が問題になっており、カインたちの第三騎士団は連中のアジトを見つけ出すために動いていた。

そのアジトをつきとめたのが今から半月前。

カインたちが乗り込んだときには、盗賊団の頭はすでに逃亡したあとだった。

しかし、逃げ遅れた数名を捕らえることができたため、まったく収獲がなかったわけではない。カインは国王へ報告するために七名の団員を引き連れると、他の団員に盗賊たちの連行と周辺の偵察を任せて一足先に王都に戻ることにしたのだ。

「——まさか、その途中であんな嵐に遭うとはな……」

カインは窓辺に立ち、ぼそりと呟く。

この村を見つけられたのは幸運だが、とんだ足止めを食ってしまった。

別行動している仲間は、この雨雲に気づいて他の道を選んだはずだ。

多少遠回りにはなるものの、彼らのほうが先に王都に戻っているだろう。

ここに至るまでのことを思い返していると、背後で談笑する部下たちの会話が耳に入った。

「それにしても、この村の人たちって変わってるよな。目が合っただけで逃げようとするし、話しかけても素っ気ない返事しかくれないのに、王都までの保存食を用意してくれるんだから……」

「それは俺も思った。突然やってきた俺たちに、なかなか豪華な食事を提供してくれたりしてな。親切だけど、やたらと警戒心が強いと言うか……。だけど、この村は老人ばかりなのに、どうやって生計を立ててるんだろう」

「老人ばかり？」

「あぁ、すべての家を確認したわけじゃないが、ほとんどが老婆なんだよ。若いのはレスターとか言う神官と……、それから例の娘くらいで……」

言いながら、部下の一人がちらっとカインを盗み見る。

彼らはカインが頻繁にヴェルと会っていたのを知っているから、今日で最後と思って気にしているのだろう。

とはいえ、そんなふうに心配されてもどう反応すればいいのかわからない。

カインは若干の居心地悪さを感じながらも、特に顔色を変えることなく部下たちのほうを振り返った。

「雨続きなのに、よくそこまで調べたな」

「あ…ッ、カ、カイン団長……。いや、これは癖と言うか、いつも知らない場所に行くとやっていることなので……。今回は単に暇だっただけですけど……」

声をかけると、部下は照れた様子で頭を掻いている。

騎士団には偵察を得意とする者も多い。彼もまたその一人であり、この一週間、ただ暇を持て余していただけではなかったようだ。

「……老人…、しかも老婆ばかりか……。確かに不思議な話だ」

「そうなんですよ」

「他に気になったことは？」

「え…、あ…、あとは……、皆、一人暮らしなことでしょうか」

「一人暮らし？」

「変ですよね。誰一人家族と住んでいる者がいないって……」

「……それは…、妙だな……」

その話にカインは眉根を寄せた。

ここは十軒ほどの小さな村だが、この程度の規模であっても皆が一人暮らしというのは他ではあまり聞いたことがない。ヴェルが一人暮らしなのは知っていたものの、まさか全員がそうだとは思わなかった。

「あの…、カイン団長……、実は俺も気になることが……」

「どうした？」

すると、話を聞いていた他の部下が躊躇《ためら》いがちに声を上げた。

皆でこの村のことをあれこれ話すのは、ここに来てはじめてのことだ。

ここには任務で来ているわけではなく、旅の宿として利用させてもらっている立場だ。だから不思議に思うことがあっても、皆あえて口にすることはなかったが、あと少しで村を出られるとあって気が緩んだのだろう。一人話しはじめるとそれを皮切りにこれまでの疑問が表に出てきたようだった。

「俺…、以前、あの神官を王都で見たような気がするんです」

「王都で？」

「はい、なんとなく見覚えがあるんです。僧服が悪目立ちしていたからかもしれません」

「悪目立ち……？」

「その…、ずいぶん派手な女たちと一緒で……。それが、ひと目で娼婦だとわかる雰囲気だったもので……。しかも、その中には貴族の男もいて、かなり酔っ払っていたのか、笑い声が異様に大きかったので嫌でも目につきました」

「……えッ!?」

その話にはカインだけでなく、他の団員たちも目を丸くしていた。

健康な男に性欲があるのは当然のこととはいえ、仮にも神に仕える身である神官が堂々と娼婦を相手にするなんてあり得るだろうか。しかも、そこには貴族までいたというのだから、ますます状況が想像できない。王都に居を構えているわけでもない辺境の村の神官が、どうやって貴族と親しくなったというのか。

にわかには信じがたい話に皆が顔を見合わせていると、ここまで黙って話を聞いていたロバートが口を挟んできた。

「おいおい、それは本当なのか？　人目がある中で、あの服装で娼婦を侍らすなんてすごい神経だな。おまけに貴族を連れているなんて、ずいぶん交友が広いじゃないか」

「……で、ですよ…ね……」

しかし、相づちを打ちながらも、部下は戸惑っている様子だ。

皆が村のことを話題にしていたから、軽い気持ちで参加しただけだったのだろう。

ここまで注目されるとは思っていなかったようで、彼は眉を下げてぎこちなく首を横に振った。

「や…、やっぱり、見間違いかもしれないです。神官がそんな俗《ぞく》なことするわけないですから……」

カインたちは彼の言を疑っているわけではなかったが、急に自信がなくなってしまったらしい。

部下はそう言って、あっさり引き下がってしまった。

カインは腕組みをして黙り込む。

引っかかりはあったが、曖昧な記憶では噂話と変わらない。たとえ信頼のおける部下だとしても、証拠もないのにこれ以上騒ぐべきではないだろうと思い、皆の輪から離れようとした。

──コン、コン。

と、そこで玄関扉を叩く音が響く。

廊下を出て扉を開けると、そこには家主の老婆がいた。

「あ…、あの…、しょ…、食事はお済みですか？」

「あぁ、美味しくいただいた。もう出ようとしていたところだ」

「そ、そうでしたか……」

「本当に世話になった。ありがとう」

「……いえ……」

どうやら老婆は様子を見に来たらしい。

カインたちがここにいる間は隣の家に厄介になっていたようだから、さぞ迷惑だったに違いない。こうして話している間も老婆はカインに怯えた様子を見せる一方で、さり気なく廊下を覗き込んだりして、早く出て行ってほしいと言わんばかりの表情をしていた。

「おまえたち、そろそろ行くぞ」

カインは内心苦笑しながら皆を急かす。

とうに準備を終えていた部下たちは、ぞろぞろと外に出て行く。そのまま厩舎代わりにしていた裏の小屋に向かうつもりでいたが、家の前の道にはすでに自分たちの馬が待機していた。

いつでも出発できるように村の者たちが連れてきてくれたようだ。

親切心によるものか、それとも厄介者に少しでも早く出て行ってもらいたいためなのか……。

自分たちを遠巻きで見ている老婆たちの表情は険《けわ》しく、いまだ警戒されているのがありありと見て取れる。

とはいえ、こちらの手間が省けたのは確かであり、カインたちは礼を言うとそれぞれの愛馬のもとに向かった。

「なぁ、カイン」

「ロバート、どうかしたのか？」

カインが手綱に手をかけたところで、不意にロバートが近づいてくる。

彼は馬の額を撫でながら小声で話しかけてきた。

「本当にこのまま去るつもりか？　彼女……、ヴェルのことはどうするんだよ。ここで終わってもいいのか？」

「……それは」

「余計なお世話だってのはわかってるんだ。だけど、おまえが女と二人きりであんなふうに会うなんて、今までなかったからさ。俺たちにとっては驚きの連続だったんだ。ふらっといなくなったと思えば花かざりを髪につけられて帰ってきたり、話をしていても心ここにあらずって感じでぼんやりしていたり……。あの硬派なカインが骨抜きにされてしまったって、はじめは皆でざわついたもんだ。……でもさ、毎日楽しそうで、なんだか微笑ましかったんだよ。だから、これでいいのかって……。ほら、彼女だって寂しそうにしてる」

そう言って彼は通りの向こうをそっと指差す。

促されるように目を向けると、自分たちを遠巻きに見る老婆たちに紛れてヴェルの姿もあった。

「……ヴェル」

なんて寂しそうな顔だ。

カインは口を引き結び、ヴェルのほうへと歩き出す。

遠巻きに見ていた老婆たちは突然のカインの行動に驚き、慌てて離れていくが、ヴェルはその場から動こうとしない。

彼女は隠れていたつもりだったのだろう。

目が合うと、はっと我に返った様子が伝わってくる。きょろきょろと辺りを見回すが、すでに周りには誰もいなくなっていることに彼女は動揺していた。

「ヴェル」

「カ…、カイン……」

「あれから考えは変わったか？」

「……そ、それは……」

カインは彼女の前で立ち止まって表情を窺った。

ヴェルは困り切った顔で俯いたが、その目は赤く充血して瞼《まぶた》も腫れていた。それを見ただけで夜通し泣いていたことが手に取るようにわかる。それが自分のせいだと思うと、心が痛むと同時に少しだけ嬉しかった。

にもかかわらず、閉じられた唇は頑《かたく》なだ。

水神の花嫁としての役目があるから、村を出ることはできないと告げられているようだった。

「君は、このままでは……」

このままではヴェルは村のために殺される。

しかし、そう言ったところで、今の彼女はそれの何が問題なのか理解してはくれないだろう。

ならば、取るべき手段は一つしかない。

カインは、このまま去るつもりなどはじめからなかった。

説得など後回しでいい。一旦村を出て、夜になったら自分だけ引き返して彼女を連れ去ろうと思っていたのだ。

「ヴェル…ッ！」

「……ッ」

そのとき、後方から彼女を鋭く呼ぶ男の声がした。

どこか焦りを滲ませた声音だ。

振り返ると、レスターが通りの向こうから駆けてくるのが目に映った。

「これは団長殿。今日、村を出て行かれるそうですね。村の者から聞きました」

「……あぁ、本当に世話になった」

「礼には及びません。それより、お急ぎになったほうがよろしいかと……。またいつ雨が降り出すかわかりませんから」

レスターは傍まで来ると、素早く回り込んでヴェルの前に立つ。

表情はにこやかだが、内心は穏やかではないのかもしれない。わざわざヴェルとカインの間に立っていること自体、近づくなと言っているようなものだ。

先ほどの部下の話もあって、どうもこの男を胡散《うさん》臭く感じてしまう。

だからといって、ここで事を荒立てるわけにもいかない。

「では…、急ぎ村を出ることにしよう。ご忠告、感謝する」

カインは一歩下がって、笑みを浮かべる。相手を油断させるためにも今は大人しく去ったほうがいいと判断し、そのまま部下のもとへ引き返すつもりだった。

「まっ、待って……ッ!」

ところが、身を翻そうとした途端、思い切り腕を摑まれてしまう。

後ろに引っ張られる形になり、カインは驚いて足を止める。振り向くと、泣きそうな顔をしたヴェルが、追い縋《すが》るかの如《ごと》く腕にしがみついていた。

「ヴェル、どうした……?」

「あっ、あのね……、あの…、あの……っ」

けれど、引き留めておきながら彼女は上手く言葉を継げずにいる。

その理由を今探しているのだろうか。ヴェルはカインにしがみつきながら左右を見回し、ふと空を見上げると、何かを思いついた様子で口を開いた。

「ほら空を見てカイン、すごく真っ黒な雲!」

「……あぁ、本当だな」

「こっ、これは絶対降るわ！　今出て行ったら危険よっ、帰るのは別の日にしたほうがいいと思うの！」

「だが、今出なければ次にいつ出られるか……」

「次なんてすぐ来るわ…っ！　だから、カインはここにいなきゃだめ……っ！」

そう言ってヴェルはぎゅうぎゅうと腕を巻き付けてくる。

なんて必死な顔だ。

心の奥がくすぐったくなって、顔が笑いそうになるのを堪えるためにカインはごほごほと咳払いをして誤魔化した。

「風邪？　カイン、風邪をひいたの？　大変、ベッドで休まなきゃ！」

「ヴェル、何をしているんだ。はしたない真似はやめなさい」

「レスター、カインが風邪なの！　今日はだめみたい！　皆、家に戻ろう！」

「ヴェル…ッ！」

懸命に説得を試みるも、レスターには通用しない。

強い口調で叱られ、ヴェルは肩をびくつかせる。ますます泣きそうな顔になり、唇を震わせてまた空を見上げた。

その直後、

「……あ」

カインの頬にぽつっと冷たいものが当たった。

まさかと思って空を見上げると、大粒の雫《しずく》が顎《あご》にも当たる。

それを皮切りに雨音がしはじめ、それからほんの数秒ほどで土砂降りへと変わってしまった。

「やっぱり降ってきたわ……っ！」

嬉しそうなヴェルの声。

間近にいるのに、その声がかき消されそうなほど強く降っている。

カインは顔をしかめて閉口した。さすがにこれでは出発できそうにない。

ひとまず建物の中に入ろうと思ってヴェルの手を摑もうとすると、彼女は満面の笑みでカインを見上げた。

「カイン、これじゃあ今日は帰れないよね？」

「……あぁ」

「だったら家に来る？」

「え？」

「おばあちゃんの家にもう泊まれないなら、私の家に来ればいいわ。部屋は余ってるから」

「いや…、しかしそれは……」

「遠慮しないで！　あ、もちろん他の人たちも一緒に…──」

「ヴェル、いい加減にしなさい…っ！」

「……ひゃっ」

ヴェルは心底嬉しそうな顔で驚きの提案をしてきた。

しかし、若い娘の家に皆で押しかけるなどできるわけがない。返答に困っていると、レスターが彼女の言葉を遮って怒声を上げた。

「……まったく…、おまえは何を言い出すかと思えば……」

「だ…、だってレスター…」

彼女はおそるおそるといった様子でレスターに目を向ける。

レスターは呆れた顔でヴェルを見ていたが、降りしきる雨に眉根を寄せると、深く息をついてカインに向き直った。

「今のヴェルの言葉はお忘れください」

「あぁ…」

「とはいえ、この雨で村を出るのは無謀でしょう……。次に晴れるときまででよければ、今まで使っていた老婆の家をお貸しします」

「いいのか？」

「これではどうしようもありませんからね。家主には私からまた言っておきますので、お気になさらず」

「……本当にすまない」

「聖職者としても、一人の人間としても当然の判断です。お仲間の方々も困っておいでのようですよ」

「そうだな、では……」

「……ヴェル、おまえは私の屋敷においで。少し話をしようか」

「……っ」

カインがその場を離れようとしたとき、思わぬ囁きが耳に届く。

思わず足を止めたが、レスターはにっこり笑みを浮かべて会釈《えしゃく》をし、当然のようにヴェルの背に腕を回した。

「では団長殿、私たちもこれで失礼します」

「……ああ」

軽く背中を押されて、ヴェルは一瞬びくりと肩を震わせていた。

だが、レスターが優しく笑いかけると、どことなくほっとした様子で息をついている。

ヴェルはそのまま歩き出そうとしたが、ちらっとカインのほうを見て潤んだ瞳を向けてきた。どきっとするような眼差しに本能を刺激され、今すぐ腕を掴んで引き戻したくなったが、すんでのところで思い留まる。

「おいで、ヴェル」

「……う……ん」

ヴェルはレスターに促されて、雨の向こうに消えていく。

目立つ行動は避けなければならないとわかってはいても、カインは二人の様子が気になって仕方なかった——。

❀　❀　❀

——ここまで土砂降りの雨は、カインたちが村に来たとき以来だった。

ヴェルはカインと別れたあと、レスターに連れられ、彼の屋敷にまっすぐ向かっていた。

途中からゴロゴロと不穏な音がしはじめ、ふと空を見上げると、雲の隙間から稲光《いなびかり》が走っている。

その光から逃れるように、ヴェルはレスターと共に彼の屋敷に駆け込んだ。

それからすぐに居間に通されたが、久しぶりに全力で走ったからか、なかなか息が整わない。肩で息をしていると、やがてレスターが布を手に戻ってきた。

「ヴェル、これで雨を拭きなさい」

「……あ、うん。ありがとう」

ヴェルは小さく頷くと、それを受け取った。

それほど長く雨に当たっていたわけではないのに、髪の先からはポタポタと雫《しずく》が滴っている。見ればレスターも似たようなもので、彼も自分で用意した布で濡れた髪を拭いていた。

「ヴェル…、おまえには少しがっかりしたよ……」

「え…？」

「昨日私と約束したばかりだというのに、どうしてその約束を簡単に破ったりしたんだ？」

「……約束…？」

「覚えていないのか？　あれほど彼に近づいてはいけないと言ったのに……」

「え…、でもあれは……」

「おまえはいつからそんなに聞き分けのない子になったんだろうね？」

戸惑うヴェルを横目に、レスターは盛大なため息をつく。

彼はやや乱れた髪を掻き上げると、テーブルに布を置いてヴェルが座るソファへと近づいてくる。その顔が怒っているように見えて少し怖かったが、ヴェルはそんな約束をした覚えがない。

カインの容姿が人と違うから近づいてはいけないと言われて、何をどう納得すればいいのだろう。昨日は最後まで頷かなかったはずなのに、どういうわけかレスターの中では約束したことになっているようだった。

――私、何も間違ってないもの……。

ヴェルはむっつりと黙り込む。

今にも雨が降りそうだったから引き留めたが、結果的にそれは正しい判断だった。嵐に遭ってカインたちに何かあったらどうするのだ。悪いことをしていないのに、どうして責められなければならないのか。そもそも先ほども自分からカインに近づいたわけではないのに理不尽だ。

言いたいことは他にもたくさんあったが、一番の不満はレスターがカインに否定的なことだった。

「ヴェル、何を拗《す》ねているんだ？　私はすべておまえのためを思って言っているというのに、本当に困った子だね」

「……え？」

「そうだよ、決まっているだろう？」

「で、でも……」

そう言われても納得できない。

反論しようとすると、レスターはやれやれといった様子でヴェルの左隣に腰かけた。

ソファが僅かに沈んで互いの腕が触れ、それに気を取られていると顔をじっと覗き込まれる。ヴェルはいきなり二人の距離が近づいたことに肩をびくつかせた。

「ヴェル、おまえは誰の花嫁だ？」

「……え…？　み…、水神さま……」

「そう、おまえは水神の花嫁だ。誰にでもなれるものではない。おまえは特別な娘なんだよ。だからこそ、自分の立場をきちんと考えなくてはならないんだ」

「自分の…、立場……？」

「それなのに、先ほどのおまえの行動はなんだ？　理由はどうあれ、無理やり彼を引き留めていたようにしか見えなかった。あんなふうに男の腕にしがみつくなど、水神もさぞ気分を悪くしているだろう」

「……あ」

その言葉にヴェルはぎくりとして息を呑む。

反論できないのは、やましい気持ちがあるからだった。

自分はカインのことが気になって仕方ない。水神のことより気になっている。

寝ても覚めても彼のことばかり考えるようになり、村から出て行くと言われたあとは一晩中泣いていた。

本当は帰ってほしくなくて、引き留めようとしたのだ。

だから雨が降ってほっとした。これなら帰れないだろうと喜んだ。確かに、水神が気分を悪くして当然の行動だった。

「やっとわかったようだね」

「ご…、ごめん…なさい……」

ヴェルは真っ青になって俯いた。

それを慰めるようにレスターが肩を抱いて引き寄せる。彼はさらに顔を近づけ、ヴェルの瞼に唇を寄せて甘く囁いた。

「なら…、そろそろ花嫁になるための練習をしておこうか……。今のままでは水神に相応しい花嫁にはなれないからね」

「……練習…？」

瞼に触れる唇の感触に、ヴェルは小さく肩を揺らす。

戸惑い気味にレスターを見ると、彼はヴェルの膝に手をのせてやんわりと撫でてきた。

肩を抱く手の力はやけに強く、一方で膝を撫でる手は異様なほど優しい。その手は太股を辿り、少しずつ腰へと移動していた。

「な…、なに……？　どうしてそんなところを触るの……？」

「どうしてって、花嫁になるための練習だろう？」

「……え？」

レスターは間近でヴェルを見つめ、にっこりと笑う。

けれど、ヴェルには彼が何を言っているのかさっぱりわからない。

花嫁になるために、どうしてあちこち触れられなければならないのだろう。なぜこんなに近づいてくるのか。いつもは優しく感じる笑みも妙に怖くて、今すぐ逃げ出したくなった。

「や…、少し離れて……」

「ヴェル、いい子にしておいで、すぐに慣れるから……」

「あ…っ」

甘く囁きながら、レスターは肩を抱く手を徐々にずらしていく。

その手はすぐに胸の膨らみを捉え、ゆっくり撫で回しながら指先で乳首の辺りをくすぐった。

ヴェルはびっくりして固まったが、彼はそれを気にする素振りも見せない。

膝にあった手は腰の辺りを撫でていて、徐々に下腹部へと移動すると、ヴェルの中心を服の上から弄《いじ》り出したのだ。

「ひ…っ、ひぅ……」

「ヴェル…、これは必要なことなんだ。すべておまえのためなんだよ」

「で…、でもなんだか……っ」

「あと半年もすれば、ヴェルは水神の花嫁になる。それなのに、おまえはその水神を喜ばせる方法さえ知らない。今のままでは呆れられてしまう。こんな出来損ないの花嫁ははじめてだと怒らせてしまうかもしれない。だから立派な花嫁になるために、今のうちにその方法を学んでおかなければならないんだ」

「……ひ…ッ」

レスターはヴェルの耳元で囁き、熱い息を吹きかける。

その感触にぞわりと背筋が粟立ち、咄嗟に身を捩《よじ》ろうとした。

しかし、これが水神の花嫁になるために必要だと言われては我慢するしかない。ヴェルは必死の思いでレスターを受け入れていた。

——だけど…、本当にこれが必要なこと……？

胸を揉まれ、乳首の辺りを捏ねられる。

その反対の手は、ヴェルの中心ばかりを執拗《しつよう》に擦り、時折力を込めては股の間に指を差し入れようとしていた。

次第に全身がぶるぶると震え出し、恐怖で呼吸が乱れていく。

何をされているのかもわからないのに、ヴェルはあまりの嫌悪感に堪えられなくなり、レスターを突き飛ばそうとした。

「やだ…ッ」

「……ヴェル？」

「や、いや…ッ、いやだよレスター…ッ！」

「馬鹿な抵抗はやめなさい。おまえのためだと言っているだろう？」

「あ…、きゃあ…ッ!?」

だが、ヴェルが嫌がってもレスターはやめてくれない。

嫌がる手は簡単に押さえ込まれ、ソファに押し倒されてしまう。

悲鳴を上げると、首筋に唇が押し当てられて強く掻き抱かれる。

熱く湿った吐息。のしかかる重い身体。ただただ恐怖が募り、ヴェルは激しく怯えて泣きじゃくった。

「怖いぃ…ッ、怖い……っ、レスター怖い……ッ」

「……ッ、大人しくしなさい」

「怖…、怖い…、怖いよ……ッ」

我慢なんてできるわけがない。

とても慣れるとは思えない行為だった。

ヴェルは嗚咽《おえつ》を漏らし、「怖い、怖い」と何度も訴える。何が怖いのかは自分でもよくわからなかったが、レスターに触れられるのは堪えがたいほどのおぞましさがあった。

「……仕方ない」

やがて、レスターはため息交じりに呟く。

同時にヴェルを抱き締める腕を放して、ゆっくり身を起こす。

頬に流れる涙を指で拭われ、全身がびくついた。

身体の重みはなくなっても震えは止まらない。おそるおそるレスターを見上げると、彼は身なりを整えながら立ち上がった。

「今日はこれで終わりにしよう」

「……レ…スター」

「しかし、これでは先が思いやられるな……。ヴェル、おまえは水神の花嫁として足りないものが多すぎる」

「そ…、そんな……」

「だから明日もここに来なさい」

「……えっ」

目を見開くと、レスターはヴェルの頭をそっと撫でる。

触れられた途端、また全身がびくりと震えて身を縮めたが、レスターは構わず首筋を撫でてきた。

「毎日、少しずつ慣らさなければね……」

「……ッ!?」

――毎日……？

ヴェルは青ざめ、愕然とした。

こんなことを毎日するだなんて、考えただけで吐き気がした。

慣れる日が来るなんて想像もできない。

本当に、毎日触れられていれば平気になるものなのだろうか……。

考えてもわかるわけがない。そもそもヴェルは、今の行為になんの意味があるのかすら知らない。性の知識そのものがなかった。

それからすぐに、ヴェルはレスターの屋敷をあとにした。

外は変わらず荒れていたが、頭の中が真っ白になってしまって雨に打たれていることさえ気づかなかった。

❀　❀　❀

吹き荒れる風。

雨は風にのって一層激しさを増していた。

レスターの屋敷を出たあと、ヴェルは自分の家へと向かっていたが、強風に足を取られそうになってなかなか前に進まない。

けれど、放心状態のヴェルはそんなことにも気づかない。雨粒が身体を強く打ち付けても何も感じなかった。

「――ヴェル……ッ！」

レスターの家を出て、どれほど経っただろう。

どこからか自分を呼ぶ声がして、ヴェルは唐突に現実に引き戻される。ふと顔を上げると、銀髪の青年がこちらに近づいてくるのが目に映った。

「……カイン？」

ヴェルはきょとんと首を傾げた。

カインは自分の家のほうから駆けてくる。

いつの間にここまで戻ってきたのだろう。ぼんやりしながら辺りを見回していると、カインに腕を摑まれた。

「何してるんだ…ッ、びしょびしょじゃないか！」

「……あ、…うん」

そういえば、全身びしょびしょだ。

ようやくそのことに気づいてヴェルはこくんと頷いた。

「行くぞ！」

だが、それきり黙り込んでしまったからか、強引に手を摑まれて家のほうへと引っ張られる。軒先まで連れてこられ、何げなく彼を見上げると、濡れて束になった銀色の毛先からぼたぼたと雫が滴っていた。

「どうしてこんな雨の中を帰ってきたんだ」

「……うん」

「ヴェル…？」

「あ…、玄関開けるね」

カインの声に反応しながらも、その内容はほとんど頭に入ってこない。

ヴェルは思い出したように玄関扉を開けて、中に足を踏み入れる。しかしカインがなかなか入ってこないので、不思議に思いながら彼の手を取った。

「入っていいよ。濡れちゃう」

「え？　あ…、あぁ……」

彼は躊躇いがちに家に入ってくるが、すぐにその足下が濡れていく。

カインはいつから外にいたのだろう。彼のほうこそ、立っているだけで床を濡らすほどびしょびしょだった。

「こっちに来て」

「い、いや、しかし……」

ヴェルはカインの手を引っ張り、急いで奥の部屋へと連れて行った。

このままではカインが風邪をひいてしまう。早く着替えを用意しなければと思ってのことだった。

「ええと…、何からすれば……。あ、布…、身体を拭く布……」

奥の部屋に入ると、ヴェルは回らない頭を必死に働かせてチェストに向かう。そこから大きめの布を一枚取り出し、カインを拭いてあげるつもりでいた。

「あ…っ」

ところが、振り向いた途端、布を取り上げられてしまう。

ぽかんとしていると、カインは取り上げた布を大きく広げ、ヴェルの頭をせっせと拭きはじめたのだった。

「まるで滝に打たれたようだな」

「……ん、……ん」

「肌も冷たい。早く着替えないと風邪をひくぞ」

「ん…」

カインは濡れた髪や顔を拭きながら、ヴェルの心配ばかりしている。

荒っぽい手つきだが、絶妙に力を加減してくれているので驚くほど気持ちがいい。ヴェルは彼が何か言うたびに小さく返事をし、あまりの心地よさにうっとりしていた。

——カインの手、あったかい……。

布越しに伝わる体温がやけに落ち着かせてくれる。

心に巣くった恐怖心が少しずつ和らいで、余計な力が抜けていくのがわかる。彼の顔を見ているだけで、胸の奥まで温かくなるようだった。

「ヴェル、どうしてあんな土砂降りの中を……。せめてもう少し雨足が弱くなるのを待ってもよかったんじゃないか？」

「……ん」

「何か、あったのか……？」

「……」

「ヴェル？」

顔を覗き込まれるが、なんだか目を合わせづらい。

ヴェルは項垂《うなだ》れるように俯いて黙り込む。レスターの屋敷で起こったことをカインに言うのは、なぜか躊躇いがあった。

「……あ、床がびしょびしょ……」

そのときふと、ヴェルは自分の足下が濡れていることに気づく。

スカートの裾から雫が滴って、床に水たまりができていた。

「やだ、早く脱がなきゃ…っ！」

「え…？」

まさか自分までこんなに濡れていたとは思わなかった。

ヴェルは慌てて廊下に飛び出し、服を脱ぎはじめる。

この部屋では食事をしたり寛いだりして、寝るとき以外のほとんどの時間を過ごしているから汚したくなかった。

「な……っ、何をして……」

「んっ、ん……ぅ…、服が張りついて脱げな……、んーっ、んんーっ」

「ヴェル……ッ!?」

だが、脱ごうとしても、なかなか上手くいかない。

着ているのは羊毛製のカートルで、所謂ワンピースのようなものだ。単純な構造なので脱ぐのも着るのも苦労したことはなかったが、今は濡れているから肌に張りついて思わぬ苦戦を強いられた。

「んーッ、んぅ…ッ！　はぁっ、はあっ、脱げたぁ……っ」

しばしの格闘の末、ヴェルはやっとの思いで服を脱ぎ、一糸纏わぬ姿になった。

脱いだ服は水を吸って想像以上に重くなっている。ヴェルは何かを成し遂げた気持ちでふぅと息をつき、カートルを床に置いた。

そこで廊下に流れるひやりとした空気を感じて、ぶるっと身を震わせる。

裸のままではそれこそ風邪をひいてしまう。早く着替えなくてはと思い、ヴェルは急いで部屋へと戻った。

「ッ!?」

ところが、部屋に戻るとカインの様子がおかしい。

彼はヴェルと目が合うや否や、激しく狼狽《うろた》えて後ずさる。

けれど、後ろに下がりすぎたようでチェストにぶつかってしまう。ゴッッと鈍い音がしたが、彼は痛がるどころか慌てて目を逸らした。

「……カイン？」

「なっ、なんだ…ッ!?」

「その…、そこから着替えを出したくて……」

「え、あぁ…、了解した！」

ヴェルの言葉に、カインは素早く横に移動する。

やけに大きな反応に見えるのは気のせいだろうか。ヴェルは不思議に思いながらチェストに手をかけた。

とはいえ、着替えと言ってもここには寝衣くらいしかない。

毎日朝になると、村の老婆がその日に着るものを持ってきてくれることになっているのだ。

だからヴェルは、老婆が今朝持ってきてくれた寝衣に着替えようと思っていたのだが、そこではたと気がついた。

「そういえば、カインの服がないわ……！」

「うぁ…ッ!?」

しかし、カインに顔を向けると、彼は変な声を上げて顔を背けた。

背けたということはこちらを見ていたはずなのに、一度ならず二度までもこんな反応をするのはなぜだろう。

「どうか…、したの？」

ヴェルは眉根を寄せてカインの前に立つ。

これなら自分を見てくれると思ったが、彼はぎょっとした様子で後ずさり、壁に背を張りつけた。

やはり彼はこちらを見ようとしない。

自分に何かおかしなところがあるのだろうか。

見たくない理由があるのだろうか。

そう思うと段々哀しくなってきて、泣きそうになった。

「カイン…、私のこと、嫌いになったの……？」

「え？」

「さっきから、私を見てくれないから……」

「そ、それは……」

「私…、何か変……？　もしかして、さっきレスターにされたことで、何か変わっちゃったのかな……」

「……どういうことだ？」

「だって」

「あの神官の屋敷で何かあったのか……っ!?」

「……ッ」

突然大きな声を出されて、ヴェルはびくっと肩を揺らす。

だが、避けられる理由が他に思い当たらない。

レスターとのやり取りが頭に浮かび、ヴェルの顔は強ばっていく。少し思い出しただけで身体が動かなくなって、全身が震えそうだった。

「……ヴェル？」

その異変にカインも気づいたのだろう。彼は躊躇いがちに顔を覗き込んできた。

「まさか、あの男に何かされたのか……？」

「……」

「ヴェル……？」

「……そ、それは」

「あいつ…ッ、君に何を……っ!?」

なかなか答えられずにいると、突然肩を掴まれる。

顔を上げると、心配そうに自分を見つめる彼と目が合った。

——大好きなカインの瞳……。

ヴェルは次第に感情が込み上げてきて、ぐしゃっと顔を崩す。

カインの両手は直接肌に触れていたが、嫌な感じはまるでしない。それどころか手の温かさに気が緩んで、ヴェルの両目からはぼろぼろと大粒の涙が零れ落ちていた。

「ひ……、ひ…っく」

「ヴェル、何があった？」

「う…、うぅ……」

「……っ」

カインは最初、少し怖い顔をしていたが、ヴェルが泣き出したのを見て慌てて表情を和らげる。しかし、それでも泣きやまなかったからか、彼は困り切った様子で辺りを見回し、部屋の隅に置かれたソファまでヴェルを連れて行った。

「ここに座るといい」

「……ん、うん」

「あ…、そっ、その前に、これ…ッ、これを着てくれっ！　そのままだと風邪をひいてしてきてくれた。

「……ありがとう」

　カインはヴェルをソファに促すと、素早くチェストに駆け戻って寝衣を持ってきてくれた。

　ヴェルは黙って寝衣を着て、ぐすっと洟《はな》をすすりながらソファに座る。

　その間、カインはずっと顔を背けていたが、ヴェルの動きが止まるとようやくこちらを見てくれた。

「少しは気持ちが落ち着いたか……？」

「……ん、でもカインの服が……」

「俺のことは心配しなくていい。風邪なんて、十年以上ひいたことがないくらい頑丈《がんじょう》なんだ」

「そう…なんだ……」

「あぁ、だから大丈夫だ」

「……う…ん」

　彼はそう言って頷き、ヴェルの前に膝をつく。

　その優しい表情にまた涙が溢れかけたが、なんとか堪えて彼の言葉に頷いた。

「ヴェル、ここには俺しかいない。誰にも言わないと約束する」

「……」

「だから、何があったか教えてくれるか？」

感情を抑えた声に聞こえるのは、これ以上泣かせないためだろうか。

両手をきゅっと握られ、じっと見つめられるうちに自然と鼓動が速くなっていく。

ヴェルは息が震えるのを感じながら、彼の手を握り返す。

レスターとのことを話すのは気が進まなかったが、それ以上にカインに縋り付きたい気持ちでいっぱいだった。

「さ…、最初はね…、カインを引き留めたことを怒られていたの……。それが段々自分の立場を考える話になって……、今のままでは水神さまに相応しい花嫁になれないから、そのための練習をすることになったの……」

「……練習？」

「うん、最初は肩を抱かれてね…。それから、身体をたくさん触られたの……」

「は…？」

「服の上から胸の突起の辺りをくすぐられたり、胸を揉まれたり……。あとね、腰とかお腹とか、股の間も擦られたの」

「……ッ」

「それで…、いきなり上にのられて……。だ…、だけど、私すごく怖くて……、泣きながら怖いって訴えたら、今日はこれで終わりって……。でも、明日も来なさいって言われたの。レスターが言うには、毎日少しずつ慣らさないといけないからって……」

ヴェルは憂鬱な気分で項垂れる。

あのときのレスターはまるで別人のようだった。

あの練習は、本当に毎日しなければいけないのだろうか。大人しく受け入れるべきだとわかっていても、できれば二度としたくないというのが本音だった。

「ヴェル…、君は、それがどういう意味を持つ行為か知らないのか……?」

「……え?」

ややあってカインに聞かれるが、そう言われてもよくわからない。

首を傾げると、彼は握った手に力を込める。みるみる表情が険しくなり、なぜか怒っているように見えた。

「あの神官とは、もう二人きりにならないほうがいい」

「え…っ、ど…、どうして?」

「信用できないからだ。彼が神官として『水神』に仕えているというなら、どうしてその花嫁である君の身体に触れようとするんだ? どう考えても、違う目的があるとしか思えない」

「……違う…、目的…?」

カインは眉間に皺を寄せ、思わぬことを言い出す。

けれども、ヴェルにはそれだけでは理解ができない。

恐怖で怯えたのは事実だが、レスターがあんなことをしたのはヴェルのためだったはずだ。それを否定するのはどんな理由があってのことなのか、違う目的とはなんなのか、想像もつかなかった。

「ヴェル…、いいか、レスターが君にしたことは、特別な相手とする行為なんだ。誰かと練習するようなものでは決してないんだよ」

「え……」

「身体のあちこちを他人に触られるんだ。それも普段触られることのない場所ばかりだ。これが特別じゃなくてなんだというんだ？」

「特…別……」

「あぁ、そうだ。だから我慢して受け入れる必要なんて何もない。恐怖を感じて当然なんだ。心を通わせてもいない相手とできるわけないだろう？」

「……心を……通わせて……」

ヴェルは瞬きを繰り返し、カインの言葉を反芻した。

いまだ身体に残る嫌悪感。

思い出すたびに、堪えがたい感情が湧き上がる。

レスターは特別な相手ではない。心を通わせてもいない。

だから触れられるのが嫌だったのだ。

彼の言葉は、ヴェルの心の中に驚くほどすとんと落ちていく。

しかし、それと同時に一つの疑問が浮かんで首を捻る。『特別な相手』と言われてすぐに頭に浮かんだのは、どういうわけか水神ではなかった。

「私の特別な相手は、カイン……」

「え…?」

「だって…、こうして手を握っていても平気だし……」

「……いや…、さすがにこれくらいでは……」

「でも、私にとっては誰かと手を握るだけでも特別なことよ? カインと出会うまで、私は誰かに頭を撫でられたこともなかった。唇をくっつけ合ったのもカインがはじめてだった。さっきは肩に直接手が触れたけど、それも嫌じゃなかった……。それに、会うたびに触っていたのは私のほうだわ……。カインといると触りたくなっちゃうの。傍にいるだけでは我慢できなくなるの……」

「ヴェル……」

「だから、カインならきっと平気……」

「……え」

カインの瞳は見開かれ、繋いだ手がぴくんと震える。

彼の動揺を感じ、ヴェルは感情の高ぶりを覚えながら大きな手を握り返した。

「……想像…、したの……」

「何…を？」

「特別な人とする行為……。カインで想像したの。カインなら嫌じゃなかった……」

ヴェルは吐息をついて、カインを見つめる。

彼はさらに目を見開き、言葉に詰まった様子で口ごもった。

「そ…、それは…、いや、君は今、混乱しているんだ。だから少し落ち着いて」

「でも、水神さまとはまったく想像できないの……。私は水神さまの花嫁にならないといけないのに、ずっと水神さまを想い描いていたのに……。カインと同じ姿なのに……」

「俺と同じ姿…？　どういう…ことだ？」

ヴェルの返答に、カインはずいぶん狼狽えている様子だ。

考えてみると、この話は誰にも言ったことがなかったかもしれない。

ぼんやりと思いながら、ヴェルは小さく頷いた。

「私ね、小さな頃に水神さまがどんな姿なのかレスターに聞いたことがあったの。そうしたらレスターは、私の思ったとおりの姿で現れるって教えてくれて……。それで頭に浮かんだのがカインにそっくりな男の人だったの……」

「……俺に？」

「だからカインが村に来たときは、すごく嬉しかった。水神さまが迎えに来てくれたんだと思ったから……」

激しい雨の中、カインは突然村にやってきた。

あのときのことは、今でも脳裏に焼き付いている。

堂々と馬にのった銀髪の若い男性。

濡れた髪を煩わしげに掻き上げ、辺りを見回す精悍な顔。

雨で視界が悪いはずなのに、ヴェルには彼の姿だけが鮮明に見えていたのだ。

「……それであのとき、俺に笑いかけてきたのか？」

「うん…」

「なら…、勘違いだとわかったのは昨日か……。ロバートが湖に来て話をしたとき、急にヴェルの様子が変わったな」

「……そう」

今思えば、湖で話をしていたときに、カインは悪い人たちを退治するのが仕事だと言っていた気はする。

けれど、それだけでヴェルに理解できるわけがない。

水神のいる世界は大変なのだなと、感心しながら聞いていただけだった。

だからロバートがかみ砕いて説明してくれたとき、はじめてカインが水神ではないとわかって愕然としたのだ。

「そういう……ことか……」

しばしの沈黙のあと、カインは難しい顔で黙り込む。

そんな真剣な表情にさえ胸がきゅうっと締め付けられて苦しくなる。

柔らかな銀髪。すべすべの肌。逞しい身体。

毎日のように触れていた。今も、触りたくて仕方ない。

彼はどうして水神ではないのだろう。この気持ちが特別でないならなんなのだろう。

ヴェルは泣きそうになって、またぐすっと洟をすすった。

「悪かった。……俺は、君の気持ちを勘違いしてキスを……」

「キス…？」

「唇を…重ねただろう……？」

「どうして謝るの？　あれは、特別なこと……？」

「……そうだ」

カインは唇を引き結んで頷く。

だが、そんなふうに謝ってほしくない。

ヴェルは少しも嫌ではなかった。

それどころか、あのときの自分はもっとしてほしいと思っていた。

「……特別なこと…、カインとしてはいけないの？　頭に浮かぶのはカインで、水神さまじゃないのに……」

「それは…、ヴェルの中では、はっきり区別できているということか？」

「そ…そう」

「顔が同じなのに？　水神と俺では何が違う？」

「わ…、わからない……。でも違うの……」

「……」

「ほっ、本当よ？　だってほら……っ」

「……ッ!?」

答えても質問で返されて、徐々に不安が募っていく。ヴェルはなんとか信じてもらいたくて咄嗟に彼の手を自分の胸に押し当てた。

「ほらね…、やっぱり平気でしょ……？」

「……ヴェル」

「だって私、カインの手が大好きなんだもの……っ！　優しくて大きくて、すごく温かいんだよ。これは水神さまの手じゃない…ッ、私が知ってるのはカインの手だもの！」

言いながら、ヴェルの目からは次々涙が零れ落ちていた。

どうしてこんなに必死なのか、自分でもよくわからない。

けれど、この手を放したくないのだ。

放した途端、カインはまたどこかへ行ってしまう気がして、ヴェルは必死で彼の手を自分の胸に押しつけていた。

「ヴェル…、それ以上は……」

「やだ…っ！」

「……そう言われても……、俺にも我慢の限界が……」

「が…、我慢って？　あ、無理やり触らせたの、イヤだった……？　私がレスターをイヤだと思ったみたいに……」

「いや、そういうことでは……」

「ごめんなさい……」

「いや、違うんだ！　違うから泣かないでくれ。そんなふうに泣かれると、俺はどうしていいか……っ」

顔中涙でいっぱいにしていると、カインは困り切った様子でヴェルを宥めてくる。

嫌じゃないなら、何を我慢するというのだろう。結局は拒絶されているのではと思い、ヴェルはさらに涙で顔を濡らした。

「ち、違うんだ……。このままでは、君を押し倒してしまいそうで……。こんな形で、何も知らない相手に手を出すわけにはいかないだろう……。だから、その手を放してくれ。これ以上、刺激しないでくれ……っ。そうでなくても、さっき見た君の裸が頭にちらついてどうしようもないのに……」

「私の裸…、おかしかった……？」

「い…、いや、そういう意味では」

「やっぱり、レスターに触られておかしくなっちゃったのかな……」

「それは違う。そういうわけじゃないんだ」

「だけど、さっきカインは私から目を逸らしてたもの……。見るのもイヤだったからじゃないの？」

「あれは……」

カインは何を聞いても言葉を濁してはっきり言おうとしない。

やはりおかしなところがあったのだ。

レスターに触られて、何か変わってしまったに違いない。

ヴェルは涙を零して立ち上がる。どこが嫌なのか具体的に教えてほしい。カインにだけは絶対に嫌われたくなかった。

「ヴェル…、何を……ッ」

「イヤなところがあるなら教えて……。直すから……、だから嫌わないで……」

カインは戸惑いをあらわにしていたが、ヴェルは声を震わせて寝衣を脱ぎ捨てる。嫌われたくない一心で裸になり、涙を流して彼をじっと見上げた。

「……私の裸、どこが変……？」

「いや、そうじゃなくて」

「だけど」

「君に変なところなんてない。本当だ」

「じゃあ、何がいけないの？」

「そ…、それは……」

疑問をぶつけるも、カインはなかなか答えてくれない。

目を逸らすように視線をやや下に向けると、彼はヴェルの乳房を見て息を呑み、動きが止まった。

それからしばし沈黙が続いたが、彼は視線をそのままに掠れた声を上げた。

「ヴェルは…、あの神官の前でも裸になったことがあるのか……？」

「……え？　ううん」

「一度も…？」

「だってレスターは普段こっちのほうにあまり来ないもの。朝になるとおばあちゃんが服を持ってきてくれるから、そのときに着替えることはあるけど、レスターが服を持ってきてくれたことはないし……」

「そう……か」

なぜいきなりそんなことを聞くのだろう。

不思議に思いながら、ヴェルは彼の視線を目で追いかける。

その視線は胸の膨らみばかりを彷徨っているようだ。

老婆に見られてもなんとも思わないのに妙な気恥ずかしさを感じて、ヴェルはもじもじしながらカインの様子を窺った。

――まるで視線で触られてるみたい。

膨らみをなぞるような目の動き。

突起の辺りで止まって、また膨らみをなぞっていく。

一旦意識し出すと止まらない。今度はちゃんと見てくれている。

そう思った途端、彼が見ている場所がくすぐったくなって、本当に触られているような錯覚に陥った。

「カイン……」

ヴェルは棒立ちになったカインの手をそっと摑み取る。

すると、彼と目が合い、握った手が少し熱くなった。

「ヴェル…、これ以上は本当に我慢が……」

「どうして我慢するの……？」

「それは」

「私は、カインに触ってほしいのに……」

ヴェルは自分の心臓の音が速くなるのを感じながら、そうするのが当たり前のように彼に顔を近づける。カインは僅かに息を震わせたが、ヴェルが目を閉じると躊躇いがちに身を屈め、やがて互いの唇がふわりと重なった。

「ヴェル……」

「……あ」

彼の甘い息が唇にかかって呼吸が乱れる。

柔らかくて温かい。

口づけては離れ、また口づける。

ただ唇を重ねるだけなのに頭の芯が蕩けそうだった。

「あ…、ん……」

そのうちに、熱い手が肩に触れる。

繋いだ手はいつの間にか離れていて、カインの左手はヴェルの肩に、右手は遠慮気味に腰に添えられていた。

「俺は…、最低なことをしようとしている……」

「どうして？　私が触ってほしいって言ったのよ？」

「だが…、本当に、いいのか？　俺の手…、怖くないか……？」

「……うん……怖くない」

「本当に…？　正直に言ってくれ。君にだけは嫌われたくない……」

「ん…、本当に…怖くないわ……。私…、嘘なんてついてない……。ん、あ……っ」

耳元で囁かれ、ヴェルは頷きながらびくびくと肩を揺らす。

——カインも、私に嫌われたくないって思ってくれていたんだ……。

彼が自分と同じように考えていたのがわかって胸が熱くなる。

肩をそっと抱き寄せられ、柔らかな手つきで腰を撫でられても、これがカインの手だと思うと嫌ではない。どこに触れられても敏感に反応してしまい、口をついて出たのは自分のものとは思えないほど甘い声だった。

「あ…、ふぁ…、あぁ……」

「ヴェル、もしかして感じている……のか……？」

「っは、あぁう…っ」

低音の甘い囁き。熱い手のひら。

触れられた場所からじわじわと熱が広がっていくようだ。

こくこくと頷くと、カインの呼吸が急速に乱れていく。

腰を撫でる手は、やがて腹部のほうへと動き出し、ヴェルは全身を紅潮させて身を震わせる。おへその窪《くぼ》みを軽く突かれるとお腹の奥がきゅうっと切なくなり、得体の知れない疼きを感じた。

「ここは……？」

「ひ…あう…ッ」

問いかけながら、カインは躊躇いがちにヴェルの胸に触れる。

ヴェルは一際大きく反応すると、自分の乳房に目を落とす。やんわりと揉まれた乳房は彼の手の中で柔軟に形を変え、親指の腹でくすぐられた乳首はすぐに硬く尖って主張をしはじめていた。

「あ…ぁ…、……ソコ…、変な感じ……」

「ソコ…？」

「胸の突起…、くすぐられると…、お腹の奥がじんじんするの……」

レスターに胸を触られたときは恐怖しかなかったのに、そんなものは微塵も感じない。触れられるだけでお腹の辺りが切なくなる。全身が燃えるように熱くなって、これが快感だと理解できるほど、カインの手は気持ちよかった。

「んっ、んぅ……」

息を乱して喘《あえ》いでいると、再び唇が重ねられた。

しかし、その直後に唇の隙間から熱くぬめったものが差し込まれ、びくっと肩を震わせる。それがカインの舌だということはすぐにわかったが、いきなりだったから驚きを隠せない。

——でも…、カインだから平気……。

ヴェルは一瞬身を固くしただけで、すぐに身体から力を抜く。

彼はその様子を確かめると、自身の舌先でヴェルの舌の上をそっと撫でる。

それだけでまたお腹の奥がじんと熱くなり、中心から何かが溢れ出すのを感じた。程なくして舌を搦め捕られると、ヴェルは甘い声を漏らしてがくがくと脚を震わせた。

「う…、んんぅ…、っふ…、ん……」

「ヴェル…、ソファに座るか……？」

「ん…、うん……」

ヴェルの状態に気づいてか、カインは優しく問いかけてくる。

促されるままソファに座ると、彼はヴェルの前に膝をついてまた口づけをし、太股にそっと触れた。

「あ…、ン……」

そんな刺激にさえ今は過敏に反応してしまう。

太股をくすぐられるとぶるっと身体が震え、勝手に脚が開いてしまう。

人前で裸になることはあっても、誰かにそんな場所を見られるのははじめてのことだ。なんだかとても恥ずかしいことをしている気がしたが、カインに見られていると思っただけで身体が熱くなる。

彼に触れられると、どういうわけか嫌な感触までが消えていく。

だから身体に残った嫌悪感も、カインがすべて消してくれる気がした。

「触っても…、いいのか……？」

「……いいよ」

カインは唇を離すと掠れた声で囁く。

小さく頷くと、太股に触れた彼の手がまた熱くなる。

その手は少しずつ内側へと動き出し、指先で円を描くように撫でられた。

くすぐられているような感覚に、ヴェルの脚はさらに開いてしまう。

まるで誘っているかのような動きにカインは息を乱し、その指先が秘部に触れたのはそれからすぐのことだった。

「あ、ひあぁ…っ!?」

ヴェルははじめての刺激に肩を揺らし、弓なりに背を反らす。

そのまま指で縦に擦られると全身がびくつき、淫らな水音が響いた。

ヴェルはその音に反応し、思わず腰をくねらせる。なんの音かはわからなかったが、やけに恥ずかしかった。

「すごいな。どんどん溢れてくる……」

「はっ、んっ、溢れ……？」

「この音…、聞こえるか？」

「あぁ…っ!?」

聞き返すと、カインは少し速めに指を動かしてみせる。

そうすると先ほどより水音が激しくなり、刺激も強くなった。

何が溢れているのだろう。

ヴェルは激しく喘ぎながらも、くちゅくちゅと耳につく音に羞恥を覚えて涙が出そうになった。

「恥ずかしがらなくていい。これは、ヴェルが感じている音だよ」

「え…っ」

「君の心と繋がっているんだ。とても素直な身体だな」

「……あ…っは」

どうやら粗相《そそう》をしたわけではなかったようだ。

ヴェルはそれだけ理解して密かに胸を撫で下ろしたが、親指の腹で芽を擦られて、すぐにそれどころではなくなってしまう。

一際強い刺激に身を固くすると、他の指で襞をくすぐられて思わず腰が浮く。

何度も擦られていくうちにヴェルの中心はひくつきながら蜜を零しはじめ、カインはその様子に目を細めると濡れそぼつ秘部に指を差し入れた。

「あぁぅ…っ!?」

ヴェルは喉を反らして喘ぐが、すぐには状況が理解できない。

小刻みに肩で息をすると、信じられない思いで己の下肢に目を向けた。

──あんなところにカインの指が……。

中心に差し込まれた二本の指。

蜜に塗れた大きな手。

ヴェルは目を丸くしてその光景を凝視する。

カインは小さく笑い、二本の指をゆっくりと出し入れしはじめた。

「んっ、あぅ、ああっ」

「痛みは…、ないようだな……」

「カ…、カインの指…、指……、あぁ…あ…ッ」

「解さないとあとが辛いだろうから」

「あっ、あぁ、あっあっ」

こんな場所を解してどうするというのか。

カインは探るように内壁を擦っているが、それにどんな意味があるのかはわからない。動くたびに濡れ光る彼の指から目が離せない。こんなに淫らな光景を目にしたのははじめてだった。

そのとき、

「……っひ、あぁ…っ!?」

突然、ヴェルの身体は激しくびくついた。

カインの指が少し奥のほうを擦った瞬間、何かが突き抜けたような感覚に襲われたからだ。

「ココがいいのか…?」

「なに…、や……っ、あ、あ…っ、ソコ、だめ……、擦らないで……っ」

「……わかった」

「あぁあ…ッ!?」

カインは頷きながらも、ヴェルが一際強い反応を示した場所ばかりを擦ってくる。

そこを擦られると、お腹の奥が切なくなってしまう。

何かに追い詰められるようで、どんどん息が上がってしまう。

ヴェルは無意識のうちに太い指を締め付けながら、はじめての感覚に怯えて彼の首に抱きついた。

「ひ…あっ、あぁう…ッ、あっあっ、あぁあっ」

しかし、指の動きは激しくなる一方で止まる気配がない。

ヴェルのつま先には徐々に力が入り、内股がびくびくと震え出す。何が起ころうとしているのかもわからぬまま、どんどん追い詰められていく。

「あ、あ、あ…、カイン、カイン……ッ」

ヴェルは襲い来る波に身を震わせ、彼の肩口に顔を埋める。

すると、首筋に彼の熱い息がかかって、ぞくんとお腹の奥が震えた。

これが快感だということは本能で理解したが、この先に待ち受けているものが怖くて仕方ない。

だが、激しい刺激に呆気なく限界は訪れる。

ヴェルが激しい波に呑み込まれ、高みに上り詰めるのは一瞬のことだった。

「や、あぁ、あぁああー…ッ!」

悲鳴に似た嬌声を上げ、ヴェルは全身をがくがくと震わせた。

目の前が白くなり、それから少しして断続的に内壁が痙攣《けいれん》しはじめる。

びくんびくんと下腹部が震え、彼の指を締め付けているうちに頬が涙で濡れていく。はじめての感覚に振り回されて、自然と溢れ出た涙だった。

「ヴェル……」

「はっ…、あぁ…、ン……っ」

カインは流れる涙を唇で拭い、ヴェルを強く抱き締めた。

けれど、彼のほうは服を着たままだ。

雨に濡れた服はとても冷たく、思わず身を固くすると、カインは慌ててヴェルから身を離した。

「すまない、冷たかったな。服が濡れていたのを忘れていた」

「あ…、カイ…ン……。行かないで……ッ」

「え？　いや、服を……」

「いや……」

「……、少し…、待ってくれるか？」

いきなり温もりが消えたせいで、急に不安になってしまった。

涙を浮かべると、彼はヴェルを宥めながらシャツを脱ぎはじめた。

濡れた服を脱ぐのは大変そうだが、早く傍に来てほしい。

歩けば二、三歩ほどの距離が遠く感じられて、ヴェルは彼に手を伸ばす。

このまま抱きつきたい衝動に駆られたが、あらわになった彼の上半身を目にした途端、思わず動きを止めた。

――カインの身体……。

なんて綺麗な身体だろう。

隆起した胸筋。滑らかに浮き出た鎖骨。

野生の獣のようにしなやかで、思わず見入ってしまう。

ふと、胸の真ん中で灰色の紐が揺れたのに気づいて目を移すと、彼はそれを外して脱ぎ捨てたシャツの上にぽんと投げる。

あれは確か、前に一度だけ目にした首飾りだ。

いつも身につけているなんて、やはり大事なものなのだろう。

ぼんやり考えていると、カインに顔を覗き込まれて大きく心臓が跳ねた。

「大丈夫か？」

「あ…、うん、大丈夫……」

「本当に…、最後までしてもいいのか……？」

「……うん」

「ヴェル、俺の言っている意味、ちゃんとわかってるか……？　これは、とても特別なことなんだ。子供が…、できるかもしれない行為なんだ……」

「子供…？」

カインは頷き、真剣な顔でヴェルを見つめていた。

――子供って…、カインとの子供……？

この行為には、そんな意味があったなんて……。

なんて甘い響きだろう。そんな特別なことをしようとしていたのか。

驚くと同時に、心が躍るのを感じる。

ヴェルは彼の身体に手を伸ばして、その胸に顔を埋めた。

「いいの…、それでもいい……」

こうすれば彼の特別な相手になれる。

温かな香りに包まれているだけで幸せな気分になり、頷く以外のことは思い浮かばなかった。

「……嫌なら、そう言ってくれ。そこで止めるから」

「あ…、ん、ぅ……」

やがて、ヴェルはソファに横たえられる。

すぐに唇が重ねられて、くぐもった声が部屋に響いた。

こうやって唇を合わせるのは、もう何度目になるだろう。

慣れてきたのか、舌を搦め捕られてもそれほど苦しくはない。それどころか、この行為を気持ちよく感じるようになっていた。

「ん…、ん……」

それから程なく、カインはキスをしながらヴェルの足首を摑んで開脚させる。

大きく開かされたことで秘部は剝き出しになったが、のしかかられた状態では自分がどんな恥ずかしい恰好をしているのかはわからない。ヴェルは甘い口づけにただうっとりしていただけだった。

その隙に、カインは下衣の前をくつろげる。

あらわになった彼のモノはすでに熱く猛《たけ》り、表情にも余裕は見られない。

彼はヴェルの足を自分の腕に掛けると、柔らかな秘肉に熱い先端を押し当てる。

何かを堪えるように息をつめ、ぐっと腰に力を込めた。

「ンぅ…ッ!?」

身体が押し開かれる感覚に、ヴェルは目を見開く。

つい先ほど、『最後までしてもいいのか？』と聞かれたとき、僅かな疑問が頭を掠めはしたが、なんの知識もない状態では想像するにも限界がある。まさか自分の中にカインが入ってくるとは想像もしていなかった。

「ん、ん…、っあ……あぅ……」

ヴェルは、あまりの質量に苦しくなって身を捩った。

「……ヴェル…、やめるか？」

「あ、いや、行かないで……ッ」

「だが…」

「こんなの…、なんともないから……っ！」

しかし、苦悶の表情を浮かべた途端、カインが腰を引こうとしたのがわかって慌てて縋り付く。

こんなの、なんでもない。少し驚いただけだ。

だから簡単にやめないでほしい。苦しくてもいいから離れたくなかった。

「……少しだけ…、我慢できるか？」

必死でしがみついていると、やがて優しく頭を撫でられる。

柔らかな手つきは心地よく、ヴェルの身体から僅かに力が抜けていく。

小さく頷くと、カインは己の先端でヴェルの入口を擦り上げる。ややあって彼の腰に力が入り、それから少しずつ内壁が押し開かれていった。

「あ…っは……」

けれど、達するほど指で解されていたために、内壁は彼の熱を柔軟に受け入れている。

途中、僅かな引っかかりがあったが、ぐっと腰を引き寄せられた直後、一気に繋がりが深くなり、ヴェルは瞬く間に最奥まで貫かれていた。

「あぁあー…ッ！」

「……っく」

あまりの圧迫感に、ヴェルは激しくわななく。

繋がった場所が熱くて堪らない。

身体中がカインでいっぱいになってしまった。

「ヴェル…、大丈夫か……？」

「あ……、は……」

「かわいいな……。なんだか…、君をかわいいと思うたびに我慢ができなくなっていく……」

カインは息を弾ませ、ヴェルの頬をやんわりと撫でる。

労るような優しい手つき。知らず知らずのうちに涙が零れていたらしく、指先でそっと拭われた。

――私がかわいい……？

ヴェルはぱちぱちと瞬き、彼を見上げた。

そんなこと、誰にも言われたことがない。老婆たちの話を素直に聞けば『いい子』だと褒められたが、『かわいい』と言われたのは生まれてはじめてだった。

「ヴェル…、痛い…か……？」

「ん…、あ……、少し…、苦しい……。でも、平気……」

「だが……」

「こんなの…、なんともないわ……」

「これだけで終わりではなくてもか……？」

「いいよ……。カインならいい……」

「……っ」

きっとこれは、身体も心も繋げる行為なのだ。

彼は、レスターや老婆たちとはまるで違う。

まるで違うものを与えてくれる。

こうしているだけでカインの熱が奥に流れ込んでくる。それだけで、痛みよりも幸せを感じられた。

「……なるべく優しくする……」

「あ…っ」

彼はそう言うと、ヴェルの首筋に口づけた。

そのまま尖らせた舌先で首筋から鎖骨、膨らみを愛撫していく。やがて色づく蕾《つぼみ》に辿りつくと、口に含んで舌で転がされた。

「あぁっ、っは、ああ……」

ヴェルは次第に甘い疼きを覚え、嬌声を上げはじめる。

それを見計らったかのようにカインは腰を揺らして奥を突く。

その刺激にびくびくと身を震わせると、彼はゆっくり腰を引いてからまた腰を進める。

同じ動きを何度か繰り返したあと、カインはようやく本格的な抽送へと切り替えたのだった。

「あっあっ、あぁあっ、ああっ」

苦しげな息づかい。淫らな腰の動き。

彼の熱に引きずられて、身体中が燃えるようだ。

痛みは少しずつ麻痺して、やがて違う感覚に呑み込まれる。いつしか二人が繋がった場所からはとめどなく蜜が溢れ出し、肌がぶつかると同時に卑猥な水音が響き出すまでそう時間はかからなかった。

「あぁっ、ああっ、あああっ、あっあっ」

「……ヴェ…ル……ッ」

腰を打ち付けられるたびに、ヴェルは激しく喘ぐ。

耳元で響く淫らな声に、どうしようもなく胸が高鳴る。まるで彼と一つに融け合ってしまったようで、胸がいっぱいだった。

「カイン…、カイン……ッ」

「ヴェル、ヴェル……、君を誰にも渡さない……ッ」

「ひっ、あぁあっ！」

これほど心が満たされたことはない。

これほど心が乱れたこともない。

カインはヴェルを掻き抱き、うわごとのように『ヴェル、ヴェル』と繰り返す。

もう彼のこと以外考えられなかった。

カインは身体を密着させ、小刻みに揺さぶってくる。

そうすると彼のもので内壁が擦られて、お腹の奥が震えてしまう。先ほど彼の指で達したときのことを思い出し、いつの間にか自分が快感に呑み込まれていたことに気づかされた。

「あぁっ、や…、ソコ…、や、だめ……っ」

「っく…ッ、ヴェル……っ」

「あぁ、あぁあ、やぁあ、あああ……っ」

ヴェルは彼の首にしがみつき、自ら腰を揺らす。

掠れた喘ぎを耳にして、これ以上ないほどの興奮を覚えた。

「や、あぁ、もうだめ……、あっあっ、あぁっあああっ」

狂おしいほどの快感に襲われ、ヴェルは身を震わせる。

ぶるぶるとお腹が震え、つま先に力が入っていく。徐々に目の前が白くなり、内壁がびくびくと痙攣した。

全身を揺さぶられ、ヴェルは奥を行き交う熱を締め付ける。

カインは低く呻くと、さらに腰を打ち付けた。

襲い来る波からはとても逃れることができない。深く打ち付けられた熱がさらに膨らみ、最奥で爆ぜる。その瞬間、ヴェルはがくんと身体を揺らし、一気に高みへと上り詰め、絶頂の渦に呑み込まれていった。

「あぁ、ぁあああっ、ああ――……ッ！」

「……――ッ」

こんなこと、他の誰ともできない。

水神とでは想像できない。

自分の中の水神は、一度も動いたことがない。はじめて頭に浮かんだときの姿が今も心に残っているだけだからだ。

カインが、水神でないことはわかっている。

それでも、どこへも行かないでほしい。ずっとこの村にいてほしかった。

「あ…、っは……、ああ……ぁ、……」

断続的な痙攣に身悶《みもだ》え、ヴェルは涙を零す。

呼吸が整わないままカインに口づけられたが、それさえ快感に変わってしまう。

レスターの感触などもうどこにもない。

カインと繋がっているだけですべてが満たされていた。

「ヴェル……」

名を呼ばれるだけで胸が苦しい。

頬を撫でられて、絶頂の余韻を引きずりながら彼の手に頬ずりをした。

ふと雨音に気づき、ヴェルは窓のほうに目を向ける。家に戻ってきたときと変わらず外は嵐だった。

──雨…、まだ降ってたんだ……。

窓を叩きつける激しい雨。

雨のことなどすっかり忘れていた。

だが、普段どおり静かな村だったら、とうに周りは気づいていただろう。

二人の息づかいも淫らな嬌声も、この雨音がすべてかき消してくれたのかもしれなかった。

「カイン……、まだここにいて……」

「え…?」

「お願い、今日は帰らないで……」

今なら誰にも気づかれずに二人きりでいられる。

この温もりを手放したくない。繋げた身体さえも離したくない。

はじめての行為で身体は悲鳴を上げていたが、触れているだけでは足りない。一晩中でもカインと繋がっていたかった。

「……わかった」

彼は窓のほうを見て息をつく。

この雨ではどこにも行けないと諦めたのだろう。

ヴェルはほっと胸を撫で下ろす。この嵐が一生続けばいいのにと、カインの腕の中でそんなことばかりを考えていた――。

第四章

轟々《ごうごう》と吹きつける風。

延々と降り続く雨。

これでは村から出ようにも出られない。

突然の雷雨でカインたちは結局村に留まることになったが、その判断は正しかったようで、雨は一晩中降り続けていた。

「——まるで何かに足止めされている気分だな」

一睡もしないまま朝を迎え、カインは欠伸をしながら身を起こす。

昨日はヴェルに『今日は帰らないで』と縋られて、その後は二階にある寝室に移動したきり外に出ていない。ロバートにはヴェルの家に行くと告げておいたので大丈夫だろうと思ってのことだった。

「……ん、……ぅ」

ぼんやりしていると、すぐ傍で小さな声がする。

ヴェルがもぞもぞと寝返りを打っていた。

裸のままで寝てしまったから寒いのだろうと思い、肩まで毛布をかけてやる。

すると、柔らかな頬がカインの腰に押し当てられ、彼女は「カイン……」と呟いてまたすぅすぅと寝息を立てはじめた。

「まだ、しばらくは目を覚ましそうにないな」

一体どんな夢を見ているのだろう。

頬が緩むのを感じながらヴェルの頭をやんわりと撫でる。

あどけなさの残る寝顔からは、淫らに喘ぐ姿など想像もできない。

甘い喘ぎ。絶頂に悶える身体。

気を抜いた途端、ほんの数時間前までの情事が生々しく蘇る。

――自分がこれほど欲望に弱かったとは……。

身体は大人でも、彼女は何も知らない幼子のようだった。

最後まで受け入れてくれたが、行為の意味をどこまで理解していたのだろう。

だが、後悔はしていない。彼女を誰にも渡したくなかった。

彼女に触れたところからじわじわと熱が広がっていく気がして、カインは素早く手を引っ込める。ガシガシと荒っぽく髪を掻き上げ深く息をついて気持ちを落ち着けると、ベッドから下りた。

そのまま窓辺に向かい、干していた自分の服を着て、ふと窓の外に目を移す。

先ほどまであんなに降っていたのに、いつの間にか雨足が弱くなっている。耳を澄ましてみたが、風の音もほとんど聞こえなくなっていた。

「少し散歩してくるか……」

ややあって、カインは低く呟く。

一応ヴェルのいるベッドを確かめたが、丸みを帯びた毛布の塊は動く気配もない。

カインはその様子に目を細めると、なるべく足音を立てないように部屋を出て行く。

それからすぐに一階に下りて外に出たが、やはり雨はほとんど降っていない。

空はどんよりとした雲に覆われているため、これが一時の止み間であることはわかっていたが、カインは躊躇うことなくぬかるんだ道を進んだ。

「……本当に、ここは何もないな」

良く言えば、のどかな辺境の村。

澄み渡る湖は美しく、眺めているだけで穏やかな気持ちにさせられた。

それなのに、この村を知れば知るほど反吐《へど》が出そうな気分になる。

雨の中、呆然とした様子で戻ってきたヴェルの姿がどうしても頭から離れない。

――レスターは、いつからヴェルを性的な対象として見ていたんだ……？

仮にも神官が自分の信仰する『水神』の花嫁に手を出そうとしていたなど、誰が想像できるだろう。村の者たちなどは二言目には『レスターさま』と口にするほどで、彼を信用し切っているのは言うまでもない。

それほどの信頼を得ながら、レスターは平然と皆を裏切るような真似をしたのだ。

あの嵐の中でさえ、ヴェルを屋敷に連れ込んでいかがわしいことをしようとしたくらいなのだから、このまま何も手を打たずにいれば、彼女がいつどんな目に遭ってもおかしくなかった。

「神官……ね……」

カインはどんよりとした雲を睨み、足早に進んでいく。

まだ朝になったばかりだからか、一人として外に出ている者はいない。それから五分ほどで辿りついたのは、村の外れにあるレスターの屋敷だった。

❀　❀　❀

レスターの屋敷は、村の外れにひっそりと佇んでいた。

湖を囲む森に隠れるように建っているせいで目立たないが、なかなか立派な石造りの屋敷で、村の中では一番大きな建物だった。

屋敷の敷地も広く、庭の一角には厩舎まである。

月の半分は村にいないという話だから、自分の馬を持っているのだろう。

――コン、コン。

カインは玄関扉をノックして屋敷の様子を窺った。

まだ就寝中だろうか。

ノックをしても物音一つ聞こえてこない。

少し早すぎたかもしれない。出直すべきだろうか。

考えを巡らせていると、ギ…ッと扉が開く音がして、ひたひたと廊下を歩く足音が聞こえた。

その足音は玄関のほうに近づいてきて、程なくして玄関扉がゆっくり開く。中から出てきたのは寝衣姿のレスターだった。

「……え…っ？」

彼は訪問客がカインだと気づくや否や、目を見開いて固まった。

よほど意外な客だったのだろうか。レスターはしばし反応できずにいたようだが、カインがじっと見ていると慌てて笑顔を作った。

「これは団長殿、どうされましたか？」

「朝早くにすまない。起こしてしまったようだな」

「こちらこそ、このような恰好で申し訳ありません。雨音のせいで昨夜はなかなか寝付けなかったもので……」

「あぁ、本当に酷い嵐だったな」

「……おや？　今はほとんど降っていないようですね。もしや、今日村を出るつもりで挨拶に来られたのですか？」

「いや、この様子ではまたいつ降り出すかわからないからな……。あなた方には迷惑をかけてばかりで心苦しいが、無茶をして部下を危険な目に遭わせたくはない。もちろん、王都に戻った暁にはそれなりの礼をしたいと思っている」

「いいえ、礼などいりませんよ。困っている人を助けるのは当然のことですから」

「そういうわけには……」

「そのお気持ちだけで充分です」

レスターの口調は穏やかで、一見おかしなところは見当たらない。

しかし、よく見れば笑顔を浮かべる彼の目は少しも笑っていない。カインが屋敷を訪ねてきた目的がわからず、警戒しているのかもしれなかった。

「ところで、本日はどのようなご用件で？」

「あぁ、これは失礼。実はあなたに相談が……。いや、この場合はお願いになるのかもしれない……」

カインは言いかけた言葉を途中で止めると、あえて思わせぶりなことを呟く。

「お願い、ですか……。それはどのような？」

レスターは若干声のトーンを落とし、探るような目でカインを見る。

その視線にカインは気づかぬふりをして、ポリポリと頬を掻いてはにかんでみせた。

「その…、村を出るときは、ヴェルを連れて行きたいと思っている」

「……え？」

「彼女を妻として迎えたいんだ」

「な、何を言って……」

「本来はご両親に言うべきなんだろうが、彼女には親がいないだろう？　かといって、誰にも言わずに連れて行くのはさすがに人の道を外れている。だから、せめて神官のあなたには断っておこうと…──」

「ちょ…、ちょっとお待ちください……ッ！」

勝手に話を進めていくと、レスターは遮るように声を上げた。

その顔は若干引きつっていたが、取り乱しているというほどではない。彼は呼吸を整えると、貼りつけたような笑みを浮かべた。

「ご冗談はほどほどに……。断るも何も、そのように一方的な話を聞けるわけがないでしょう。ヴェルはこの村にとって大事な娘なのですよ」

「……それは、彼女が水神の花嫁だからか？」

「ええ、よくご存じで」

「ヴェルから聞いた」

「ならば、おわかりでしょう。あの子は……――」

「だからこそ、こうして断りにきたんだ」

「え？」

レスターは怪訝そうに眉を寄せる。

それでも笑顔を崩さないのは何を隠すためなのか。

カインは彼の様子を密かに窺いながら神妙な顔で頷いた。

「俺は、これまで遠征などでさまざまな地域に出向く機会があった。その中でも古くからある土地では、ときどきヴェルのような運命を背負った娘の話を耳にすることがあったんだ。たとえば、たびたび水害が起こる土地では、川に身を投げることで神の怒りを鎮められると信じる人々がいた。日照り続きの土地では、命が尽きるまではりつけになって祈り続ければ雨が降ると信じる人々がいた。どうやら、そういった人々には神の怒りによって災害が引き起こされるという考えがあるらしく、信仰する神に命を差し出すことで平穏が保たれると信じているようだった。……だから俺は、ヴェルが水神の花嫁に選ばれた娘だと聞いたときも、そういった考えに近いものだと理解した」

「え、ええ…、そのとおりです。これは驚きました。騎士団の方が、そういう話に詳しいとは……」

レスターはやや感心した様子で頷いている。

一瞬だけ張り詰めたものが緩んだように見えたので、本当に驚いているのだろう。

だが、この手の話はそう珍しくはない。数年前までは隣国と激しい衝突があったから、さまざまな土地に駐留していて、似たような理由で命を犠牲にしたという話を聞くたびにカインは苦い気持ちにさせられた。

川に身を投げたからといって、水害はなくならない。

命が尽きるまではりつけになっても、雨が降るとは限らない。

川を整備すれば水害は減る。森を豊かにすれば、水を蓄えた木々がやがて自分たちを潤してくれる。

――この世に神なんているわけがない。

見たことのないものを、どうしてそこまで盲信できるのか。

自分の力でのし上がってきたカインには、そういったものを信仰する気持ちがまるで理解できなかった。信じるものがあるとすれば、自分自身だけだった。

ただ、興味深いことに、こういった生け贄の話には必ずと言っていいほどある『制約』

がつく。

こうしてわざわざレスターのところに来た理由の一つは、それを確かめるためでもあった。

「……俺は、ヴェルが好きだという理由だけで連れて行きたいと言っているわけじゃない。各地で似たような話を聞いてきたからこそ、自分が何をしたのかわかっているつもりだ。だからせめて、今後は俺が彼女の居場所になれればと……」

「居場所…？　一体何を言って……」

「おそらく、ヴェルにはもう水神の花嫁の資格がない。娘の命を神に差し出す土地では、決まってその娘は処女であることが条件になっていた。そうでなければ神の怒りを買うと信じられているからだろう。それは、ここでも同じかと思っていたんだが……」

「そ…、それは当然……」

カインの問いかけに、レスターは混乱した様子で口ごもる。

神が生娘《きむすめ》しか悦ばないなんて、カインとしては言い出した者の勝手な決めつけにしか思えないが、同じような制約がつく土地は一つや二つではなかった。

案の定、レスターは引きつった表情のまま固まっている。

カインはそれを確認すると、わざとらしく天井を仰いだ。

「やはりそうだったか……」

「……ま、まさか…、あなたはヴェルに……」

「あぁそうだ…、やはりヴェルはもう水神の花嫁にはなれない。俺のせいで、その資格を失ってしまった……。本当にすまない……」

「な…ッ!?」

瞬間、レスターの表情が怒りに染まった。

しかし、そんな顔を見ても罪悪感など微塵も抱かない。

──この男に信仰心などあるものか。

神官という立場を利用し、ヴェルに手を出そうとした時点で言い逃れはできない。

こめかみに青筋を立て、これ以上ないほどレスターの顔が引きつっていたとしても、カインはそれを冷めた目で見ることしかできなかった。

「それが事実なら、こちらも黙っているわけには……っ！」

「だから一応謝っただろう？　こうなったのは、あんたが昨日ここでヴェルに妙なことをしたのがきっかけでもあるんだ。彼女があまりに動揺していたから、話を聞いて慰めているうちにそういう状況になったんだからな」

「──ッ!?」

レスターはひゅっと喉を鳴らし、途端に青くなった。

ヴェルが昨日のことを誰かに口外するのは予想外だったようで、レスターは完全に言葉を失っている。自分が不在にしている間に、そこまで二人が親密になっていたとは考えていなかったのだろう。

——少し挑発するつもりだったが、予想以上の反応だ。

カインは不敵に笑いながら、その顔を覗き込む。

レスターはますます蒼白になって唇を震わせたが、それでは自分はヴェルに下心があったと告白しているようなものだ。

「だから責任を持って、彼女は俺が貰《もら》い受ける」

「……ッ」

カインは満足げに笑うと、ゆっくりと身を翻した。

これで、少なくとも自分がここにいる間はヴェルに手出しをするような真似はしないだろう。

一応の目的を果たして息をつき、カインは屋敷の門を出る。

何げなく振り返ると、レスターはまだ玄関前に佇んでいた。表情ははっきり見えなかったが、強く握った拳がぶるぶると震えていたのだけは気になるところではあった。

——胡散臭い男だ……。

なぜあんな男が神官なのだろう。

レスターのたちが悪いところは、普段は善人面をして腹の中で考えていることをおくびにも出さず、村の者たちの信頼を得ている点だ。

だが、胡散臭いと言うなら、この村自体がそうだ。

王都から離れた辺境の村。

十軒ほどの家があるだけだが、寂れた場所であるにもかかわらず古びた家は一つもない。

また、ヴェルとレスター以外は老婆ばかりで若者はおらず、皆で農地を耕すでもなく、山菜を採るでもないのに、なぜか生活が成り立っている。

そして、その老婆たちは、ヴェルが幼い頃から食事や生活の世話をしてきたという。

ヴェルは物心ついたときにはここで過ごしていたというが、ならば彼女の両親はどこへ行ってしまったというのか。娘が村の犠牲になることを受け入れているのか、それともすでに亡くなっているのか、疑問を挙げれば切りがなかった。

しかし、カインはそれらのことを気にしながらも、どこかで余所者の自分が首を突っ込むことではないと思っていた。

——けれど、今は違う。

カインは立ち止まり、通りの向こうの家並みに目を細める。

その中にはヴェルの家もあり、あどけない彼女の寝顔を思い出すと胸の奥が熱くなるのを感じた。

はじめは、幼子のように無垢《むく》な娘だと微笑ましく見ていたのだ。

なんの躊躇いもなくカインに触れたがり、溢れんばかりの好意を寄せてくる。

どこにいても疎外感ばかりを味わってきたのに、彼女といるとそれを忘れられた。

かわいかった。一緒にいると愉しかった。いつの間にか、もっと近づきたいと思うようになっていた。

だから、彼女の境遇を知ってどうにかして助け出してやりたいと思ったのだ。

たとえその場で頷かなくても、ひとまず村を出て、あとで彼女を連れ去るつもりだった。

それなのに、結局は雨で村に留まることになり、傷ついた彼女を慰めているうちに、いつの間にか後戻りができなくなっていた。

何も知らない相手に手を出すことに躊躇いがなかったわけではない。

身体を繋げたあとでさえ、触れてはいけないものに触れてしまったような罪悪感があった。

それでも、あんなふうに縋られて拒めるはずがない。

ヴェルは『行かないで』と何度も求めてきた。はじめての行為のはずなのに、身体を離すのを嫌がり、必死でカインに甘えていた。

あれはおそらく不安によるものなのだろう。

カインたちがいつまた村を出て行くかわからない状況がそうさせたのだ。

気を失うように眠りに落ちたヴェルを見て、カインはどうすれば彼女を安心させてやれるだろうかと思うようになり、それを考えているうちに朝になってしまった。

レスターの屋敷には牽制のために行ったが、予想以上の成果を得られたと思う。だからといって、油断はできない。自分は、相手のことを知らなさすぎる。

「……さて、どうするか」

カインは低く呟き、また歩き出す。

それから間もなく辿りついたのは、宿として借りている老婆の家だった。

「──どうした？　そんな怖い顔して、彼女と喧嘩したのか？」

玄関扉を開けると、ちょうど二階から下りてきたロバートと目が合い、彼はニヤニヤしながら近づいてきた。

昨日はここに戻らなかったが、ロバートにはヴェルの家に行くと言っておいた。老婆が来たときにカインがいないことに気づかれても機転を利かせてくれると思ったからだ。

「ん？　なんだなんだ？」

とはいえ、余計な想像もしているようで、どうにも反応に困ってしまう。

カインは息をついて気持ちを切り替え、自らロバートに近づいていく。

昨夜は一睡もしなかったから目つきが悪くなっているのだろう。カインの顔を見て、ロバートは若干狼狽えていた。

「な、なんだ？　どうか…、したのか……？」

「ロバート、少し力を貸してくれ」

「……え?」

「この村のことを調べたいんだ」

カインはロバートのすぐ傍で立ち止まり、低く囁く。

ヴェルと関係を持った以上、自分は部外者ではないのだ。

彼女のためにできることがあるなら、なんでもやってみせる。

せめてヴェルが、この村の得体の知れない気味悪さに気づいてくれればいい。

そうして、この村の呪縛から解き放ってやりたい。

そのために、いっそこの悪天候を利用してでも、しばらくこの村に居座り続けてやろうと思った。

第五章

「――うぅ……ん」

しとしとと降る雨。

昨夜ほど荒れた様子はなく、風の音もほとんど聞こえない。

また降り出すのか、それとも止んでしまうのか。

お願いだから、もっと降ってほしい。昨晩のような嵐になってほしい。そうすれば、カインはここにいてくれるから……。

ヴェルは寝返りを打ち、夢と現実の狭間でそう強く願った。

カインとの激しい情事で疲れ切っていたからか、なかなか現実に戻ることができない。

すでにカインがベッドを抜け出してから一時間以上が経っていたが、ヴェルはいまだ眠りから覚めずにいた。

「カイ……ン……」

だが、頭は少しずつ覚醒に向かっている。

先ほどから何度も寝返りを打っては、雨の音に不安を感じていた。

――キィ…、パタン……。

そのときふと、扉が閉まる音が耳に届く。

廊下を歩く聞き慣れた足音。

老婆が来たのかもしれない。もうそんな時間なのかと、ヴェルはまた寝返りを打つ。眉を寄せ、「うーん」と唸りながらベッドに手を這わせるが、眠りに落ちる前まで自分を包み込んでいた温もりがどこにもない。

――カイン…、どこ……？

彼の存在を確かめられないのが怖くて仕方ない。

ヴェルは不安になって息を震わせる。

早く追いかけなくてはと焦りを感じた瞬間、カチャ…と部屋の扉が開き、ヴェルはベッドに手を這わせた状態でがばっと起き上がった。

「――下にいないと思って様子を見に来てみたら……。ずいぶん遅い朝だねぇ。しかも…、何も着ずに寝ていたのかい？　呆れた子だよ。風邪でもひいたらどうするの」

「おばあちゃん……」

「夜着はどうしたんだい？　昨日の朝、受け取っただろう？」

「え…、えと…、どこだったかな……。その…、レスターの家から戻ってきたとき、雨がすごくて全身びしょびしょだったから……、服を脱いでそのまま寝ちゃったのかも……」

「あぁ、それで廊下に脱ぎっぱなしの服が置いてあったんだね。本当、昨日は酷い雨だったねぇ。私も食事を持って行けなくて、どうしたもんかと思っていたんだよ」

「う…、ううん、最近雨が酷いからって、非常用の食料を置いてくれてたでしょ？　だから心配しなくても大丈夫だよ」

ヴェルは必死で誤魔化し、無理やり笑顔を作った。

起きたばかりで頭が働かないが、本当のことを言えるわけがない。

考えてみれば、カインが家に来たのは昨日の昼頃だったのだ。

下手をすれば老婆と鉢合《はちあ》わせしていたかもしれず、そう考えると血の気がひく思いがする。前々から酷い天候の場合は無理に食事を持ってこなくてもいいと言ってあったものの、昨日はカインのことで頭がいっぱいだったから他は何も考えていなかった。

「ねぇ…、おばあちゃん」

そういえば、カインはどこに行ったのだろう。

ヴェルは部屋を見回して眉を寄せる。だが、なんの気なしに『カインはどこ？』と聞こうとしている自分に気づいてハッと我に返った。

「なんだい？」

「あっ、え…っと。えっと……、騎士団の人たち…、帰ったかなって……」

「……あぁ、まだいるよ。さっき食事を持って行ったとき、天気が回復するまで村を出るのはやめたと言われてねぇ……。レスターさまに頼まれたから食事の面倒だけは見るつもりだけど、お陰で家に戻れやしない。本当に厄介なことだよ」

「そ、そうなんだ。厄介だね！」

「まったくだよ。じゃあ、私はもう帰るよ。食事は下に置いてあるからね。服も一緒に置いてきちゃったけど、持ってくるかい？」

「ううんっ、平気。いつもありがとう」

ヴェルの言葉に老婆は頷き、部屋を出て行く。

ゆっくりした足取りで廊下を進み、やがてとんとんと階段を下りる音がする。それから程なくしてぱたんと扉が閉まる音が聞こえ、老婆が家から出て行ったことがわかった。

「……カイン…、どこ……？」

ヴェルは立ち上がって、ぽつりと呟く。

どうして彼がいないのかわからず、ヴェルは意味もなく部屋をうろうろする。

もしかして、老婆の気配に気づいてどこかに隠れているのかもしれないと思い、扉を開けて廊下を見回した。

けれど、カインはどこにもいない。

思えばベッドも冷たくなっていて、彼の温もりはまったく感じなかった。

――もしかして、すべて夢なんてことは……。

一瞬、そう思いかけたが、打ち消すようにふるふると首を横に振る。

あれが夢であるわけがない。下腹部はまだ少し熱を持ち、彼が動いていた感触が残っている。『帰らないで』と泣き縋り、二階の寝室に移動したあとも彼と離れたくなくてヴェルは自分から行為をねだり続けたのだ。

はじめは苦しかったけれど、次第にカインの大きさに身体が慣れてきたから、くたくたになるまで繋がっていられた。そうすれば、カインはどこにも行けないはずだと思う一方で、彼が与えてくれる快感もほしくて欲張りになっていった。

「ん…」

思い出すと、お腹の奥がじんとしてしまう。

ヴェルは熱い息を吐き、腹部をさすりながら廊下を歩く。

舌で乳首を嬲られたことも思い出し、乳房に視線を落とすと頂《いただき》が硬く尖っていた。

――身体が…、変……。

こんなことは今までなかったのに、どうしてしまったのだろう。

ヴェルは肩で息をしながら階段を下り、居間に向かおうとした。

「――ヴェル？」

「え…？」

だが、その途中でギ…と玄関扉が開く。

声をかけられて立ち止まった途端、バタバタと駆け寄る足音がする。何事かと目を向けると、ものすごい速さでやってきたカインにいきなり抱き締められた。

「ヴェル…ッ、なんて恰好で……ッ」

「えっ、え…っ？　あ、カイン！　どこに行ってたの？　起きたらいなくて……ッ、帰っちゃったんじゃないかって……ッ」

「帰る？　そんなわけないじゃないか」

「だって……ッ」

「わかった。わかったから、とにかく服を着よう、な？」

「……ん、服ならたぶん居間に……。さっき、おばあちゃんが来たの」

「あぁ、この家から出て行くのを見た」

「え、鉢合わせしてしまったの？」

「いや、向こうは気づいていないよ」

「そ…か」

ヴェルは涙を浮かべて、カインの服を握り締める。

彼はいつ出て行ったのだろう。老婆にばれなかったのはよかったが、何も言わずにいなくなったからすごく怖かった。

ヴェルはカインに宥められながら、居間に向かう。

すると、いつも食事をするテーブルに料理ののった皿が並べられているのが目に入って、思わず唾を飲み込んだ。

そういえば、昨日から何も食べていない。

思い出した途端、お腹の虫がキュウ…ッと鳴いた。

けれど、今は服を着るのが先だと思い、テーブルの近くに置かれた籠に近づいていく。

そこには日中着るカートルと夜着が入れられているのがわかっていたので、ヴェルは籠に手を伸ばそうとした。

「あ…っ」

だが、それより先にカインがカートルを摑み取る。

彼は驚くヴェルをよそに素早く裾を広げて頭に被せてきた。着せてくれようとしていることはすぐにわかったが、人に服を着せるのは難しいようで、袖の部分に頭が引っかかってなかなか上手くいかなかった。

「ん…、じ、自分で……」

「頼むから早く着てくれ。目の毒だ」

「あ、いや…、刺激が強すぎるという意味で……。と、とにかく、家の中を裸で彷徨《うろつ》くのはやめたほうがいい。間違っても他の男の前で肌を見せるようなことはしないでくれ」

「う…ん、わかった」

そうは言っても、家に来るのは老婆ばかりだ。

レスターは滅多に家に来ないので、そもそも裸を見られる機会がない。他にはカインの仲間の男たちがいるが、話す機会もないため家に遊びに来ることはないように思えた。

とはいえ、カインが嫌がることはしたくない。

素直に頷いてみせると、彼はほっと胸を撫で下ろす。ヴェルになんとか服を着せ終え、乱れた髪を優しく直してくれた。

「じゃあ…、食事にするといい。腹が減っているだろう？」

「ん、カインも食べる？」

「いや、俺は向こうで食べてきた」

「向こう？　騎士団の人たちのところ？」

「あぁ、だから気にせず食べてくれ」

「……うん」

──カインは、他の人たちと食べてきたんだ……。

「……毒？」

急にもやもやとした嫌な気持ちになったが、その感情の正体はわからない。ヴェルは大人しく椅子に座り、一人黙々と食べはじめた。

「ヴェル、食事はいつも一人か……？」

「え…？　うん、そうだよ」

「そうか」

「……？」

小さく頷くと、カインは途端に難しい顔になる。

その顔をじっと見ていると、彼はテーブルに置かれたパンをひょいと手に取り、小さく千切って自分の口に放り込む。もぐもぐと咀嚼しながらヴェルの隣に腰かけ、見つめ返してきた。

「ここのパンはなかなか美味いな」

「そ、そう…？」

「あぁ、ヴェルも食べるといい」

「あ…、んむ」

そう言うと、カインはパンを千切ってヴェルに差し出す。

いつも食べているパンと変わらないはずなのに、やけに美味しそうだったから、ヴェルはすかさず彼の指ごとぱくんと頬張っていた。

「……美味いか？」

「ん…、ん……」

こくこく頷いて、ヴェルは太い指をぺろっと舐める。

くすっと笑われたので慌てて口を離し、普段よりたくさん噛んでから飲み込んだ。

どうしてこんなに美味しいのだろう。不思議に思っていると、カインはまたパンを千切って食べさせてくれる。

まるでひな鳥になった気分だ。

彼の手に残ったぶんをすべて平らげても物足りなくて、ヴェルはバスケットに手を伸ばす。それをすぐに頬張るつもりだったが彼の視線に気づき、今度は自分が千切ったものを差し出してみる。カインは少し驚いた顔をしていたが、照れた様子でヴェルのパンを食べてくれた。

「……っ」

ヴェルはなぜか泣きそうな気持ちになっていた。

今まで、自分は誰かと食事をしたことがない。

こんなにも嬉しい時間ははじめてで、彼がそれを教えてくれたのだと思ったら胸がいっぱいになった。

「ヴェル…、あとで湖に行かないか？」

「い…、行きたい！　……あ、でもレスターがだめって……」

「あぁ…、そうだった。俺は行ってはいけないんだったな。あそこなら誰の目も気にせずに二人きりになれると思ったんだが……」

苦く笑うカインに、ヴェルの胸はずきんと痛む。

折角の誘いだったのに、嫌な気持ちにさせてしまった。

そもそも、レスターが戻るまでほとんど毎日湖で会っていたのに、急にだめだと言われれば誰だって困惑するだろう。

実際、ヴェルにもよくわからないのだ。

自分とレスターだけが許されて、他の者は許されない理由がわからない。

カインと湖のほとりで過ごしていたときは曇り空がほとんどだったにもかかわらず、水はかつてないほど澄み切っていた。それなのに水神が怒っているとは思えない。何を以てだめだと言うのか、ヴェルには説明しろと言われてもできそうになかった。

「あ、でも祠《ほこら》なら……」

「祠…？　あぁ、水神を奉っているという祠か？」

「そう、水神さまの祠。森の奥にあるの」

「俺が行ってもいいのか？」

「……た…、たぶん」

ヴェルはぎこちなく頷き、カインから目を逸らして俯く。

湖はだめだと言われたが、祠がだめだとは言われていない。

だからカインを連れて行っても決まりを破ったわけではない。

といっても、祠は湖のすぐ傍にある。

本当は自分でも屁理屈だとわかっていたが、彼と二人きりで湖の傍で過ごしたいという誘惑にはどうしても逆らえなかった。

❀　❀　❀

その後、食事を終えたヴェルとカインはすぐに祠に向かった。

空は相変わらずどんよりとしていたが雨は止んでいる。

最近は雨続きだったから、またすぐに降り出すと思っているのか、外には誰もいない。

そのお陰でカインと二人きりで散歩している気分になり、周りに人の気配がないか確認しつつ歩く彼のあとをついていくだけでヴェルは幸せだった。

森に入って少し進むと湖が見えてくるが、祠があるのは山側だ。

山側に進んで次第に木々が生い茂って鬱蒼とする中を、二人はさらに奥へと向かう。水神を奉った祠は、その先の太陽の光を遮るように枝葉で覆われた薄暗い場所にあった。

ヴェルはこの場所には何度も来ているが、来るたびに寂しい気持ちにさせられる。人目を避けたような場所にあるうえに、祠の中も常にひんやりと冷たい空気が流れているから、余計にそう思うのかもしれない。

「――ここが水神の祠か。ずいぶん寂しい場所だな……」

「カインもそう思う？」

「あぁ…、それに暗いな。灯りを持ってくるべきだった」

「それなら心配ないわ。この辺りには暗いと光る性質の石があるらしくて、祭壇のところは少し明るいの。ほら、あそこよ」

言いながら、ヴェルは隣を歩くカインの袖口を引っ張って前方を指差す。

祠はさほど広くはなく、ものの一分も歩けば行き止まりになる。最奥には大理石で作られた祭壇があり、その付近の壁はほのかな光を放っているのだ。

以前、光る石はとても珍しいのだとレスターが言っていたことがある。

ヴェルなどは灯りが必要ないから便利という程度にしか思っていなかったが、祠以外では見たことがないので確かに珍しいものなのかもしれなかった。

「これは面白いな。本当に光っている」

「でしょ？　それでね、これが水神さまよ」

「……え？　この灰色の…石が……？」

「あ…、えぇと…、この石自体は湖の底から取ってきたものみたい。レスターが言うには、水神さまは湖そのものだから、この石にも水神さまが宿ってるんだって」

「つまり…、水神の一部のようなものだと……？」

「そう」

「なるほど、そういう考え方か」

こくこくと頷くと、カインは眉根を寄せて祭壇に目を移す。

彼の姿は光る石でほのかに照らされ、銀色の髪や睫毛が光って見える。

ヴェルはその端正な横顔を食い入るように見つめてうっとりした。祭壇に置かれた石を見つめる今のカインは、自分の想像した水神よりも神々しかった。

――触りたい……。

誘われるようにヴェルは彼に手を伸ばす。

「ヴェル、一つ聞いてもいいか？」

しかし、不意にカインが思い出したように声を上げたので、ヴェルは驚いてその手を引っ込めた。

「な…、なに……？」

「どうして今、水神に花嫁が必要なんだ？　見たところ、湖の水は潤沢《じゅんたく》だ。雨続きでも濁ることはなく、井戸から汲《く》み上げた水も飲み水として申し分ない。君たちが自然の恵みに感謝する気持ちはわかるが、だからといって花嫁を差し出すというのは……」

「そう…だけど……。でも、水が綺麗なのは当たり前のことじゃないわ。水神さまが私たちを許してくれている間だけだもの」

「……どういうことだ？」

カインは怪訝そうに首を捻っている。

そういえば、彼は余所《よそ》から来た人だった。

ならば、ここでは当たり前の話でもカインにとっては違うのだろうと思って、ヴェルは少しかみ砕いて説明することにした。

「この村には、古い言い伝えがあるの」

「言い伝え……？」

「遙か昔、日照り続きで、この付近一帯が荒れ果ててしまったことがあったらしいの。なのに、この湖だけは不思議と干からびることはなかったから、綺麗な水を求めて人が住むようになった。それがこの村のはじまりよ」

「……なるほど」

「だけど、最初は豊かな恵みに感謝していた人たちも、いつしかその気持ちを忘れてしまった。湖で洗濯をしたりごみを捨てたり、挙げ句の果てには用を足したりして……、気づけば綺麗だった水はすっかり汚れてしまったの。だけど、そんなある日、不思議なことが起こったの。洗濯をしにきた女の人が、湖の真ん中に人が立っているのを見たのよ」

「湖に？」

「そう…。だけど、水の上に人が立てるわけがないでしょう？　しかも、その人はなぜか彼女を睨んでいたそうなの。驚いて固まっていると、どこからともなく地を這うような低い声が響いたというわ。『おまえたちには、もう二度とここの水は使わせぬ……』。湖のほうから聞こえた気がして目を凝らすと、不意に湖に立つ人と目が合って、彼女は悲鳴を上げて村に逃げ帰ったの。もちろん、彼女はこのことをすぐに村の人たちにも話したわ。けれど、夢でも見たんだろうって笑い飛ばされて、そのときは誰一人まともに聞いてくれなかった……。ところが、その翌日、湖の様子が一変したの。甘くて美味しかった水は毒に変わり、それを飲んだ人々が次々と倒れていったのよ。それは地獄のような有様で、気づいたときには湖はどす黒く変わっていて……、これはもしや湖の水を粗末にした報いではないか、湖にいたのは守り神の化身だったのではと、そのときになって人々はようやく女の人の話を信じはじめたの」

そこまで話すと、ヴェルは小さく息をつく。

ふと、カインを見ると、彼は真剣な表情で耳を傾けていた。

まっすぐな眼差しに密かに心臓が跳ねたが、興味を持って聞いてくれているとわかり、ヴェルは呼吸を整えて自分が昔教えられたとおりに話を続けた。

「……それで……、あるとき、村で評判の美しい娘が、湖の守り神…、水神に自分の身を捧げると突然言い出したそうなの。なんでも、そうすることで村が元に戻る夢を見たとかで、他には方法がないと言っているって……。当然、周りは反対したわ。そんなことをしても湖は元に戻らない、単なる夢だと説得したけれど、彼女の意志はあまりに強くてとうとう自ら湖に身を沈めてしまったの……。村の皆は水に沈んでいく姿を見て、心の中ではこんなことをしてなんの意味があるのかと呆れていた。だけどその直後、突然水面が揺れて、湖の真ん中に男の人が現れたの。見れば、その人の腕には、たった今湖に身を沈めたはずの娘がいる……。しかも彼が娘の額にそっと唇を押し当てると、信じられないことに娘が息を吹き返したの。皆の驚きでその場は騒然となったけれど、湖にいる二人は周りのことは見えていないようだった。彼が慈しむように娘を抱き締めると、そこで二人の姿は忽然《こつぜん》と消えてしまい……、以来、彼らを見た者はいなかったって……。でも、その日から湖は輝きを取り戻して、甘くて美味しい水に戻っていたの。そのときから、水神の存在を皆が信じるようになって、湖の水も大切に使うようになった。……なのに、その後も人々が忘れかけた頃に湖の水はたびたび毒に変わるようになってしまったから、水神さまはまだ自分たちを許してくれていないのだと悟って、三十年に一度、湖が毒に変わる周期に合わせて村で選ばれた娘を花嫁として捧げることになったのよ……」

遙か遠い昔話。

ヴェルはすべてを話し終えて、ようやく息をつく。

これは、村の人間にとっては今に続く話だ。

美しく豊かな湖は、当たり前にあるものではない。

恩を仇で返せば、未来永劫《えいごう》報いを受ける。

だからこそ、皆はヴェルを必要とした。

水神の花嫁は特別な娘が選ばれる。おまえは村の栄誉だと言われ、ヴェルもそれを誇りに思って生きてきた。

「ヴェル…」

それからしばらく沈黙が続いたが、やがてカインが口を開いた。

今の話を聞いて何を感じたのだろう。見れば、彼はどこか腑に落ちない様子で眉を寄せていた。

「なに?」

「その…、村の中で、湖の水が毒になったときのことを知る者はいるのか……?」

「え? それは…、いないと思う……。だって、そうならないようにもう何十年も水神さまに花嫁を……」

「……あぁ…、それもそうか」

「う、うん…」

彼はまた祭壇に目を向け、それきり黙り込んでしまう。

ヴェルもつられるように祭壇に置かれた灰色の石を見たが、何に疑問を抱いているのかがわからず、すぐに彼の横顔に目を戻した。

高い鼻梁、意志の強そうな眉。

美しい翡翠の瞳、長い睫毛。

彼を見ているだけで鼓動が速くなっていく。

気を抜くと昨夜の行為が頭に浮かび、肌にかかる吐息を思い出して身体が熱くなってしまう。

――カインはいずれ村を出て行くのに……。

そうして、自分は半年後には水神の花嫁となる。

ずっとそれを誇りに思っていた。その日を待ちわびていたはずなのに、今は思い出すと胸が張り裂けそうになる。

「ここは少し寒いな。そろそろ出ようか……」

「……うん」

それから、二人は祠を出て湖に向かった。

互いに言葉もなく、時折立ち止まってはただ景色を眺めた。

まだ戻りたくない。もっと二人でいたい。

そう思っていたら、いつの間にか手が繋がれていて、ヴェルはその温かさに涙が零れそうになった。

「ヴェル…、君は今でも水神の花嫁になるつもりでいるのか？」

「え？」

湖を眺めていると、唐突に問いかけられる。

ぱっと顔を上げて彼のほうを向くと、まっすぐな目と視線がぶつかった。

「昨夜、俺と抱き合ったことも忘れて……？　あの行為は、俺としか想像できなかったんじゃないのか？」

「……っ、それは……」

「君は、自分の気持ちに嘘をつくのか？　嘘をついていると自覚しながら、他の男のものになるのか？」

「ほ…、他の男って」

「水神以外誰がいるんだ」

「そんな…っ、水神さまとはそんなこと……」

「あの神官…、レスターが〝そんなこと〟をすると言っていたんだろう？」

「そ…、それ…は……」

ヴェルは途端に口ごもる。

そういえばそうだった。レスターは花嫁に必要なことだと言っていたのだ。だからその練習をしなければいけないと言われて、ヴェルは昨日、レスターに身体を触られたのに、カインに抱かれたことですっかり忘れてしまっていた。

けれど、こうなった今では、他の誰かとなんて考えられない。

彼とそっくりなはずの水神でも想像できない。

そう思った時点で、自分の気持ちが誰に向いているかなんてわかりきっていたが、それを言葉にするのは怖かった。

「ヴェル、昨日も言ったが、あれは特別な行為なんだ。誰とでもできることじゃない。君はそれをわかっていながら何度も俺に抱かれた。なのに、君はまだ水神の花嫁になるつもりでいる……。だが、相手はさまざまな力を持った神なんだろう？　君が他の男に抱かれたことを見抜けないとはとても思えない。それとも、君はそんな存在を欺《あざむ》こうとでもいうのか？」

「あ…、欺く……？」

「違うか？」

「……っ」

ヴェルはハッと息を呑んで青ざめる。

確かに水神が何も気づかないわけがない。

村を出て行こうとするカインを引き止めたとき、水神が気分を悪くしたとレスターにも言われたのだ。

どうしてそんなことも思いつかなかったのだろう。

身も心もカインでいっぱいにしながら水神の花嫁になるだなんて、あまりに都合がよすぎる。

「わ…、私……っ」

ヴェルはぶるぶると身体を震わせる。

大変なことをしてしまった。

取り返しがつかないことをしてしまった。

自分はもう花嫁としての資格がないのだ。

「あ…っ!?」

頭の中が真っ白になっていると、不意に手を引っ張られる。

カインと手を繋いでいたことも忘れるほど動転していたから、強い力で引き寄せられても小さな声しか出てこない。

気づいたときにはカインの胸に閉じ込められていた。

「カ…、カイン?」

「ヴェル……」

「……んっ」

ヴェルは肩をびくつかせ、思わず甘い声を漏らす。

耳にかかる息が熱い。

力強い腕に抱き締められ、逞しい胸板に頬が当たる。

こんなときなのに、何を反応しているのだろう。取り返しがつかないと青ざめていたくせに、カインに抱き締められただけで心臓を鷲摑みにされたようになった。

「すまない。嫌な言い方をしてしまった……」

「……う…、ううん……。カインは何も悪くない……、悪いのは私だもの……」

「なぜ？　俺は、君が悪いとは思わない」

「だ、だって私は……っ」

「ヴェルはあの行為の意味さえ知らなかったじゃないか。それを奪ったのは俺だ。だから君は自分を悪く考える必要なんてない。それに、水神の花嫁として必要な知識だと言うなら、なぜはじめから教えておかなかったのか……。それをしなかった村の連中…、特にレスターのほうが俺には理解できない」

「それ……は……」

言われてみればそうだった。

どうして皆は何も教えてくれなかったのだろう。

どうしてレスターは練習が必要だなんて突然言い出したのだろう。胸に、下腹部に触れ、その先はどうするつもりだったのか。あのとき嫌がらなければ最後までされていたのだろうか……。

「……ッ」

考えただけで怖くなり、ヴェルはカインにしがみつく。

彼はそんなヴェルの背中を宥めるように何度も撫でる。優しい手つきにほっと息をつくと、カインは思わぬことを言い出した。

「ただ、水神自身は君を責めない気はする」

「えっ？　ど、どうして？　水神さま、怒ってるんじゃ……」

どう考えても許してくれるとは思えないのに、なぜそんなことが言えるのだろう。

びっくりして思わず身を乗り出すと、カインは小さく笑って祠の方角に目を向けた。

「さっき、ヴェルが昔話をしてくれただろう？　あれを聞いたとき、なんとなくそう思ったんだ」

「昔話…で…？」

「あぁ、確かに水神は、湖を汚されて怒っていたとは思う。だからこそ、湖の水を毒に変えてまで人々を追い出そうとしたんだろう。だが、水神は娘を差し出せとは一言も口にしていない。娘が夢で見たというが、それが本当に水神の望んだことだったのかは誰にもわからない。ただ、その後の湖の様子から想像すると、そのときの水神は娘が命を差し出してまで許しを請うてきたから、仕方なく受け入れたように思えるんだ」

「……わ…、忘れた頃に毒の水になるのに……？」

「その原因を作ったのは、村の人間のほうじゃないのか？」

「えっ」

「人は忘れっぽい生き物だ。簡単に過《あやま》ちを忘れてしまう。おおよそ、村の誰かが同じことを繰り返して水神の怒りを買ったんだろう。それで娘が身を捧げたときのことを覚えていた者が、同じことをすれば怒りを鎮められると言い出したんじゃないか？」

「ど、どうしてそんなことがわかるの？」

「人々が湖を大切にしていたなら、水神が自分で汚す必要がないからだ。水神が湖の守り神だというなら、美しい水を毒に変えるなんてよほどのことがなければしないだろう」

「あ……」

当然のように言われ、ヴェルは声を呑む。

そんなふうに考えたことはなかったから、目の覚める思いだった。

――あの昔話から、そんな考え方ができるなんて……。

自分など、人から教えられたとおりにしか受け取れなかったのに、違う解釈があることに驚きしかない。なんだかカインのほうが水神のことを理解しているようで、ヴェルは恥ずかしく思うと同時に尊敬の念を抱かずにはいられなかった。

「じゃあ…、水神さまは……」

「何度も人々の過ちを許したという意味では、とても慈悲深い神なのかもしれないな。そう考えると、今まで送り出してきた花嫁たちのことも、どう思っているのか……。最初の娘だけで充分なのにと困っている可能性があるんじゃないか?」

「そ…、そんな……」

「だってそうだろう? 俺が水神だったなら、どうすればいいかわからない。そんなに何人も差し出されても困る。ヴェルだって嫌だろう? たとえば俺に、王都でたくさんの女性が待っていたらどうする?」

「え…ッ!?」

ヴェルは思わず目を剝く。

——たくさんの女性がカインを……?

考えた途端、昨夜の情事が頭を過る。想像したくないのに、カインが他の女性にしている様子が浮かんで激しい焦燥を感じた。

「そんなの嫌…ッ!」

ヴェルは力いっぱい叫んで彼の胸に顔を埋める。

喩《たと》え話とわかっていても嫌だ。カインが他の誰かに触るなんて我慢できない。

ヴェルは駄々を捏ねる子供のようにしがみついていた。

「……そんなに嫌なのか？」

「や……っ、いや……ッ」

「なら、ずっとそうしていればいい。俺から離れなければいいんだ。そうすれば、俺は一生、ヴェルの傍にいる」

「……一生？」

「あぁ…、俺を選ぶと言うならな……」

「……っ」

ヴェルはこくっと喉を鳴らし、皺《しわ》になるほど彼の服を摑んだ。

――それは、この村を出てカインについていくということ？　それとも、カインはここにずっといてくれるの……？

しかし、彼はずっと村を出て行こうとしていたのだ。

ヴェルを王都に連れて行きたいと言ってから何日も経っていないのに、いきなり気が変わるとは思えなかった。

けれど、ヴェルは生まれてから一度も村を出たことがない。

ここを出れば災いが起こると言われ、ずっと興味を持たないようにしてきた。

それに、この場所が嫌なわけでもない。幼い頃から老婆たちはあまり話し相手にはなってくれなかったけれど、暇さえあれば湖に来て小鳥たちの歌を聴き、村でのたわいない出来事を湖に向かって話し、眠くなったらうたた寝をする。ただそれだけの日々が、とても幸せだった。

たとえ水神の花嫁としての資格を失ってしまったとしても、自分がここを離れることが想像できない。

それなのに、カインが村を出て行く姿を想像するだけで胸が張り裂けそうになる。

村を出るのは怖いが、カインと離れるのも嫌だ。

いくら葛藤しても答えは出ない。

今すぐ決断するのはあまりに難しいことだった。

「ヴェル…、俺が好きか？　せめてそれだけ聞かせてくれ……」

低音の掠れ声。

見上げると、綺麗な翡翠色が切なげに揺れていた。

ただそれだけで胸が締め付けられて息が苦しくなる。

想いが溢れて抑え切れなくなり、ヴェルは震える声で答えた。

「す…、好き……。カインのこと…、好き……」

「誰よりも？」

「……だ…、誰よりも……好き」

「水神よりもか……？」

「……っ、み…、水神さまよりも……カインが好き……」

か細く答えると、カインは僅かに唇を綻《ほころ》ばせて顔を近づけた。

彼が何をしようとしているのか、今はもう言われるまでもない。ヴェルが目を閉じると唇が重なり、すぐに舌が差し込まれた。

歯列、上顎、舌の上を優しく撫でられ、次第に息が上がっていく。

普段触れ合うことのない場所を彼に触れられていると思うだけで胸が熱くなり、ヴェルは自ら舌を突き出した。

「ん、ん…、カイン…、カイン……、っふ…あぁ……」

激しく舌を絡め合っていると、いつしか大きな手が胸に触れ、ヴェルは肩を揺らして甘い声を上げる。

服の上からでもその手が熱くなっているとわかり、昨夜の情事がまた頭に浮かぶ。

けれど、彼の手はそれ以上は動かない。当然その先があると思ったのに、いつまで経っても軽く触れるだけで指先さえ動かしてくれなかった。

「ン…、ん……う……」

どうして触れるだけなのだろう。

昨日は、肌に直接触ってくれた。その舌で胸の突起を舐めてくれた。

長い指で中心をかき回し、雄々しい熱で奥を突いてくれた。

思い出すだけで切なくなり、お腹の奥が熱くなる。もどかしくて堪らなくなり、ヴェルは無意識に彼の手に自分の胸を押し当てていた。

「ヴェル…、そんなふうに煽らないでくれ……」

「だって、これじゃ足りない…ッ、や…、いや…、カイン、カイン……ッ」

「だめ…だ、ここには、レスターも来るんだろう?」

「レスターは…、祠のほうには滅多に来ない……。だから私…、カインを誘ったの……。ここなら二人きりになれると思って……っ。二人きりになれればどこでもよかったの。私……、変なの……。昨日のことばかり思い出して……。そうすると身体が熱くなって他に何も考えられなくなるの。私、おかしくなってしまったの……っ」

「……ッ」

自分が何を言っているのかもわからず、ヴェルは涙声で訴えた。

そればかりずっと考えていたわけではなかったが、思い出すと止まらなくなる。

祠にいた間も彼に触れたくて仕方なかった。唇を重ねただけで、それ以上があると期待してしまう。胸を触ったのなら、最後までしてほしい。カインがくれた快感が忘れられなかった。

「そんなかわいいことを言わないでくれ……」

「カイン、好き……」

「ヴェル……」

「好き、大好き……。――あ…っ!?」

何度も訴えていると、いきなりすぐ傍の大木まで引っ張られた。

そのまま強く掻き抱かれ、首筋に唇が押しつけられる。濡れた舌が肌を這い、ヴェルは突然の感触にびくんと肩を揺らした。

「ン…、っはぁ……、んぅ……」

しかし、驚いたのはほんの一瞬だけで、身体はすぐに期待に震え出す。

続きをしてもらえるとわかり、ヴェルはねだるように声を上げた。

すると、カインは興奮した様子で息を震わせ、右手で乳房を弄りながら反対の手でスカートの裾を捲り上げてくる。

その手は忙しない動きで太股を弄っていたが、すぐにお尻のほうへと移動していく。

貴族でもない娘が下着など穿いているわけもなく、その熱い手で直接お尻を撫でられて、ヴェルはさらに甘い息を漏らした。

「あぁ…う……、カイン…、もっと触って……」

「ヴェ…ル……ッ」

「ひぁあ…っ」

やがて彼の手は下腹部へと向かう。

指先が秘芯を掠め、その刺激に思わず甲高い嬌声を上げると、カインは親指の腹で敏感な芽を優しく擦り上げた。

見る間に切なさが込み上げ、指が動くたびに身体がびくつく。

動きに合わせて腰が揺れてしまい、快感のままに声を上げていると、彼はヴェルの中心に指を伸ばして襞を擦る。そこはすでに濡れそぼって中心からはとめどなく蜜が溢れ出していたため、いきなり指を入れられても淫らな水音が響くだけだった。

「あぁ…ッ、あぁ、あぁ…っ」

「すごいな……。いつからこんなにしてたんだ？」

「ひぅ、ああっ、わ…、わからな……ッ、あぁあ……っ」

「……もしかして、もうイきそうなのか？」

「あっあっ、んんっ、あああぁ…ッ」

「なら…、指だけで終わりにするか？」

「や、やぁっ、あぁぅっ、いや、いや……っ」

ヴェルは涙を浮かべて首を横に振った。

自分の身体なのに、まったく制御ができない。

すぐにでも果ててしまいそうだったが、これだけで終わりにしたくないと腰を揺らして指を締め付ける。カインはそのときまでは多少躊躇いを見せていたが、懇願するように見上げると途端に目の色が変わった。

彼は素早く指を引き抜き、ヴェルの身体を反転させて大木にその身を押しつける。

そのままスカートをお尻まで捲り上げられ、彼に腰を突き出すような形になって、濡れた秘部があらわになった。

少し恥ずかしくなってヴェルが身を捩ると、カインはさらに興奮した様子で息を乱す。

彼は素早く下衣をくつろげると、とうに熱を帯びていきり立っていた先端を、いきなりヴェルの中心に突き立てたのだった。

「は…ぁう…っ！」

「っく……ッ」

一気に最奥まで貫かれ、ヴェルは弓なりに背を反らして喘ぐ。

だが、しとどに濡れた秘部は彼のものを難なく受け入れる。痛みを感じるどころか、待ち焦がれたように雄芯を締め付け、溢れた蜜が太股まで伝っていた。

昨日まで知らなかった行為だなんて、自分でも信じられない。

すぐにはじまった抽送にも、ヴェルは息を乱して嬌声を上げていた。

「あぁあっ、ああっ、あっあっ」

どうして彼はこんなにも特別なのだろう。

村に来たときから、触りたくて仕方なかった。

輝く銀髪。翡翠色の瞳。想い描いた水神の姿。

それがすべて自分の勘違いだとわかったときには、もはや手遅れなほど彼に夢中になっていた。

離れたくない。離したくない。

答えを出せないくせに、望みは果てしない。

どうしたらいいのだろう。何を選び取ればいいのだろう。

ここを離れるのは怖いが、彼がいなくなるのはもっと怖い。

カインが腰を打ち付けるたびに淫らな水音が立ち、ますます煽られる。ヴェルは彼の動きに合わせて腰を揺らし、迫り来る絶頂の波に涙を零した。

「ああっ、あああっ」

「……ヴェル…ッ」

「あぁっ、もうだめ、だめっ、ああああ……ッ!」

「ヴェル…、一緒に……」

「ひあっ、あぁ…ッ、あぁぁっ」

「俺と…、一緒に……ッ」

狂おしい熱に胸を焦がし、ヴェルは激しく喘ぐ。

——俺と一緒に来てくれ。

彼がそう言っているのがわかり、溢れる涙が止まらない。

もがくように幹にしがみつき、徐々に目の前が白んでいく。

まだ終わりたくない。彼と離れたくないと思っているのに、快楽に呑み込まれた身体はどこまでも呆気ない。

腰を摑まれて激しく奥をかき回された直後、お腹の奥がびくびくと痙攣する。一気に高みへと押し上げられる感覚に打ち震えていると、背後で彼の掠れた呻きが聞こえた。

ヴェルはその声でさらなる絶頂に導かれ、間を置いて熱いものが最奥で弾けるのを感じて身を焦がす。この時が永遠に続けばいいと、ただそれだけを願っていた。

「あぁ、ああっ、あああぁ——……ッ！」

「——……ッ」

カインが好きだ。

どうあっても、この気持ちは変わらない。

激しい絶頂に悶えていると、やがて断続的に内壁が痙攣する。

行き交う熱に翻弄《ほんろう》されながら、ヴェルはがくがくと脚を震わせていた。

その動きが徐々に緩やかになり、それから間もなくして止まるとヴェルの身体から力が抜けて膝からくずおれる。

だが、地面に倒れる前にカインがしっかりと抱き留め、息を弾ませながら後ろからヴェルを抱き締めてくれた。

「あ…、はあ、……あ、……あ……」

「……ヴェル……、大丈夫か……？」

「はあっ、あ…、カイン……、ん……、ぁ……」

耳元に彼の息がかかって、身体がびくつく。

ヴェルは絶頂の余韻に身悶え、小さく頷くことしかできない。

力強い彼の腕。

また涙を零して、その腕に唇を寄せる。

離れないように、ずっとそうしていてほしかった。

——カサ……。

そのとき、少し離れた場所で枝葉が揺れる音が響く。

ヴェルはハッとして顔を上げ、カインが湖のほうを見ているのに気づいて、その視線の先を追いかけようとした。

「あ…、雨……」

だが、頬に冷たいものがぽつっと当たって動きが止まる。

空を見上げると、今度は鼻先に雨粒が当たった。

振り向くとカインも空を見上げていて、「またか…」と呆れた様子で息をついていた。

「……ヴェル、そろそろ戻ろうか」

「う……ん……」

「そんな顔をするな。また、夜に会いに行くから」

「本当？」

「あぁ、だから待っていてくれ」

「うん」

瞼に口づけられ、その甘さに心まで蕩かされていく。

本当は戻りたくなかったけれど、夜に来てくれるとわかって思わず頬が緩む。

その直後、カインは一瞬だけ湖に目を戻して唇を引き締めた。

けれどヴェルは、その視線を追いかけることさえもったいなくて、彼だけをひたすら見つめていた――。

第六章

――一週間後。

シトシトと降り続く雨。

空を覆うどんよりした雲。

天気は、相変わらずすっきりしない。

もうどれだけ太陽を見ていないのだろう。

僅かな止み間があっても厚い雲はすぐに雨を降らしてしまう。強風が吹き荒れ、雷鳴が轟くことも珍しくない。皆この天候にはいい加減うんざりしていたが、これぱかりはどうしようもなかった。

「あっあっ、あぁ…っ、カイン、あっあぁ…ッ」

だが、ヴェルだけは違っていた。

もっと雨が降ればいい。

嵐が続けばいい。

晴れれば、カインはこの村から出て行ってしまう。

いっそ太陽など消えてなくなってしまえばいいのにと、そんなことばかりを考えていた。

「っは…、そんなにきつく締めないでくれ。酷くしてしまいそうになる……」

「んっああっ、酷く…して……、もっと激しくして……ッ」

「……ッ、ヴェル……ッ！」

「ひ…んっ、あっ、ああっ、あぁう…ッ」

嵐になれば、この声は外に聞こえない。

どんなに喘いでも乱れても、カインにしか届かない。

だけど、彼は朝になれば仲間のもとに帰ってしまう。この関係を村の者たちに知られれば、もうここへは来られなくなってしまうからと言って、夜になるまで会いに来てくれない。

カインの言うことは理解できるし、我慢しなければならないこともわかる。

それでも、一時でも離れるのは不安だった。

だからヴェルは、少しでも長くカインを繋ぎ止めておきたくて、ここ数日は朝方になって彼がベッドから出ようとするのを引き留め、老婆が来るギリギリの時間まで行為をね

だっていた。

「ひぁ、ああっ、カイン、カイン……ッ」

悪いのは、村を出る決断ができないでいる自分だ。

それなのに、カインとも離れたくないなんて勝手すぎる。

いくら悩んでも答えは出ない。

もっと酷くしてほしい。一生消えない痕がほしかった。

「あぁあ、ああっ、だめ、も…、だめっ、あ、あぁ、ああ……っ」

「ヴェル、俺ももう……ッ、っく…――」

「ひ、あぁっ、あぁあ――…ッ」

ヴェルは狂おしい熱に喘ぎ、喉をひくつかせた。

終わりたくなくても、この快感からは逃れられない。

びくんびくんと下腹部を痙攣させながら、激しい絶頂に打ち震える。

その刺激で内壁を激しく行き交う彼の熱も膨張し、やがて奥で弾けた。彼の放ったものが奥に当たるのを感じる瞬間は何よりも愛おしかった。

「……っん、……はあっ、あ……、はあっ」

何度こうして情交を繰り返しただろう。

毎日のように身体を繋げるうちに、どんどん快感に溺れていく。

口に出したことはないが、誰が来ても誰に見られてもいいからこのまま繋がっていたいとさえ思うようになっていた。

「さすがにこれ以上はまずいな……」

「……あ……ン……」

だが、現実はそう簡単にはいかない。

カインは深く息をつくと、繋いだ身体を離して気だるげに身を起こす。

内壁が擦れる感覚にヴェルは甘い声を漏らすが、ややあって彼がいなくなった喪失感に言いようのない寂しさが込み上げる。しかし、窓のほうに目を向けると外は相変わらず雨だったので、ヴェルはほっと息をついて起き上がろうとした。

ところが、その直後、

——キィ…、パタン……。

扉を開ける音が微かに響き、途中で動きを止める。

耳をそばだてると廊下を歩く足音が聞こえた。

カインはベッドを離れて服を着ているところだったが、彼もまた物音に気づいたようで動きを止めている。彼はヴェルのほうを見てそのまま数秒ほど眉を寄せていたが、やがて辺りを見回すと、おもむろに窓を開けて外に飛び出してしまった。

「え…っ!?」

ヴェルは思わず声を上げる。

部屋に隠れる場所がないとはいえ、ここは二階なのだ。

まさか飛び降りたのではないかと思い、慌てて窓に向かおうとした。

「――まぁっ、おまえはまた裸で寝てたのかい……っ!?」

「ッ!?」

しかし、ベッドから下りようとしたとき、部屋の扉が開いて老婆の呆れ声が響く。

驚いて身を固くしていると、老婆は盛大にため息をついた。

「こんな寒い日に呆れた子だね。体を壊したらどうするの。あと半年もすれば水神さまの花嫁になれるっていうのに……っ」

「お…、おばあちゃん……」

「まったくもう…、また一階にいないと思って来てみればこれだもの。ほら、これを着なさい。こんなこともあろうかと、今日はここまで服を持ってきたんだよ」

「あ、ありがとう。ごめんなさい……」

「レスターさまに怒られちゃかなわないからね」

なんとか平静を装って受け答えするヴェルに、老婆は次々と捲し立ててきた。

とはいえ、普段から老婆の前で平気で裸になっていたからか、特に怪しまれていないのは不幸中の幸いかもしれない。

ヴェルは密かに息をつき、ふと自分の下腹部に目を移して慌てて両脚を閉じる。中心から溢れた情交の残滓《ざんし》が内股まで伝っているのに気づいたからだ。

「あら、やけに寒いと思ったら窓が開いてるじゃないの！」

「……あっ！」

「信じられない子だね、雨が入ってくるのに……っ」

けれども、老婆はそんな様子にも気づくことはない。

ぽんと服をベッドに置くと、ため息をつきながら窓辺に向かった。

ヴェルは、カインが見つかってしまったらどうしようと焦るが、股が濡れた状態では動くことができない。ただただ祈るしかなかった。

「やれやれ…。あぁ、朝からヘトヘトだ。ただでさえ余所者が来て気疲れしてるんだから、これ以上面倒をかけないでおくれ」

「ご、ごめんなさい」

「……だけど、この雨はいつまで続くんだろうねぇ。あの兵士たち、若いから力が有り余ってるみたいで、最近は雨が降ってても村を歩き回ってるんだよ。特にあの銀髪の男は身体も大きいし、下手に目をつけられたくないから、最近は皆家に閉じこもってる。あんな見た目の人間は見たことがないから恐ろしいったら……」

老婆は窓を閉め、眉をひそめて憂鬱そうに息をつく。

自分の腰をとんとんと叩くと、気持ちを切り替えた様子でヴェルに目を向けた。

「じゃあ、もう帰るよ。食事はいつものところに置いておいたからね。雨が酷ければ昼は来られないけど……」

「あ…うん、大丈夫」

きっと、悪天候が続いて苛立っているのだろう。

こんなふうに悪感情を吐露する様子になんとも言えない気持ちになったが、ヴェルがぎこちなく頷くと、老婆は肩を竦めて部屋を出る。すぐに階段を下りる音が聞こえ、間を置いて扉が閉まる音が響き、この家を出たことがわかった。

「あっ、カインは……ッ」

と、声を上げた直後、老婆が閉めたばかりの窓がすっと開く。

ひやりとした空気を感じて目を向けると、一体どこに潜んでいたのか、軽々とした動きでひょいっと窓をくぐり、カインが部屋に戻ってきた。

「なんとか見つからずに済んだな……」

「どっ、どこに隠れてたの!? 私、見つかったらどうしようって……」

「壁を伝って屋根にな。窓を閉められればよかったんだが余裕がなかった。そのせいで、ヴェルが怒られてしまったな。悪かった」

「ううん、私のことはどうでもいいの。それより、あんな一瞬で屋根に上れるものなの？」

「あぁ、そう難しいことじゃない。指を引っかけられる場所さえあればいいんだ」

カインはそう言って、物を摑む仕草をしてみせる。

けれど、自分が同じことをしても落下する姿しか想像できない。とても簡単には思えないのに、平然とやってのけるカインに感心してしまう。

——だけど、私が怒られたのを知ってるってことは……。

先ほどの老婆の悪口が頭を過る。

村の皆が抱く騎士団への恐怖心。

特にカインのことは、見た目だけであからさまに嫌悪していたのだ。

ヴェルは居たたまれない気持ちで彼の顔色を窺う。

悪口を言っていたのは、窓を閉めたあとだった。だから、彼の耳に届いていなければいいと考えていると、彼は壁に寄りかかって自嘲気味に笑った。

「やはり俺たちは、相当嫌われていたようだな」

「そ…っ、そんなこと……ッ！」

「いや、いいんだ。あの老婆にしてみれば、突然やってきた男たちに自分の家を宿代わりにされているんだ。皆、身体も大きいから恐怖を感じるのもわからないではない。だから隣に間借りしているんだろう。それなのに、食事まで用意しなければならないとあっては、厄介者と思われて当然だ」

「だからって、陰で人のことを悪く言うのは……」

「別に気にしなくていい。あれくらいは慣れてる」

「慣れてるって……っ」

それはどういう意味で言っているのだろう。

普段から、騎士団の悪口を言う人が多いということだろうか。それとも、カインに対する悪口だろうか。

考えるだけで嫌な気持ちになったが、そんなことを聞けるわけがない。

唇を引き結んで黙り込むと、やがてカインは窓から離れてヴェルの隣に腰かけた。ベッドが僅かに軋み、右腕に彼の服が触れる。いきなり距離が近くなって顔を赤くすると、カインはヴェルの頬をそっと撫でた。

「俺は、これまで君のような人に会ったことがなかった」

「え…？」

「あの老婆の言うとおり、こんな見た目のやつはたぶんこの国には他にいない。皆、俺を見ると、遠巻きに『なんだあれは』と囁き合うんだ。初対面では、決まって奇っ怪なものを見るような目を向けられ、おまえは人ではないとはっきり言い放つ者もいた。両親でさえ、こんな俺を嫌悪していた。家族は皆黒髪なのに、なぜか俺だけが違う。そのせいで両親は喧嘩が絶えず、俺が十三歳のときに一家は離散した。いや、俺を置いて出て行ったと言うべきか……」

カインはそこまで言うと冷めた目をして笑った。

その眼差しに突き放されたような気持ちになって、ヴェルは密かにどきっとする。

今の話は自分の知らないことばかりで理解するのはあまりにも難しい。それでもなんとか呑み込もうと必死で頭を働かせた。

「か…、家族…っていうのは、村の人たちみたいな……？」

「あぁ…、そう…だな。わかりやすく言えばそうかもしれない。だが、家族には俺と同じ血が流れている。父と母、それから弟がいた」

「……その人たちが……、カインを置いて……？」

「そう…。ある日、家に帰ったら誰もいなかったんだ」

「それは見た目が…、違うから……？」

「あぁ、父はよく母の浮気を疑っていた。国中を捜しても銀髪の男なんていやしないのに、他の男との間にできた子じゃないのかと……。まぁ、世代を遡《さかのぼ》れば異国から流れてきた者が血筋にいたらしいが、それが原因かどうかもわからないからな……」

「……そ…うなんだ」

やはりカインの話は難しい。

半分も理解できた気がしなかった。

けれど、彼が自分の大切な人たちから疎まれていたことや、その人たちに置き去りにされたことについては理解できる。それ以外の人たちも、カインの見た目が他と違うからといって、彼を仲間はずれにしてきたことも伝わっていた。

だからこそ、胸が痛んで苦しい。

カインは、自分が陰口を言われることに慣れていると言っていたのだ。

——なんで…？　どうしてカインが奇っ怪なものなの……？

ヴェルは顔をぐしゃぐしゃにして涙を零す。

髪も目も、カインはとても綺麗だ。何が問題だというのだろう。

だが、老婆もレスターもそういった人たちと同じ反応だった。

レスターなどは、『災いを呼び込む悪しき存在』とまで言っていたのだ。

「目が合った瞬間に笑顔を向けられるなんて、俺にはあり得ないことだった。まっすぐに好意を向けられたのもはじめてだったんだ……。たとえ勘違いからはじまったとしても、そんなことは小さな問題だ。俺は君といるだけで、見た目にこだわるのは馬鹿らしいと思えるようになった」

「カイン……」

「世の中の人たちが、皆ヴェルのようだったらよかったのにな……」

「……っ」

寂しげに笑う彼を見て、さらに涙腺が崩壊する。

カインにそんな辛い過去があっただなんて思いもしなかった。

自分なら彼を孤独になどしない。寂しいと感じないほど傍にいる。一日中傍にいて、嫌だと言われてもくっついて放さない。

──私が…、村を出ると言えば……。

ヴェルは唇を震わせ、カインを見つめる。

これ以上、喉から出かかる言葉を押し込めておけなかった。

深い眼差しに吸い込まれそうになりながら、ヴェルは自分の本心を口にしようとしていた。

ところが、

──コン、コン、コン…ッ！

唐突に扉を叩く音がして、ヴェルはびくっと肩を揺らす。

一瞬、老婆が戻ってきたのかと思ったが、村の人間はわざわざ扉を叩くようなことはせず、いつも勝手に入ってくる。

ならば誰だろう。

今の音は、階下から聞こえたものだった。

「……」

ヴェルはカインと目を合わせ、どちらからともなく立ち上がる。

すると、『コン、コン！』と今度は急かすような音が響いたため、頷き合って階下に下りようとした。

だが、ヴェルはまだ裸のままだ。

このまま出て行くわけにはいかず、老婆が持ってきてくれた服を素早く着る。

二人で階下に下りる間も扉を叩く音がしていたが、時折、雨音に混じってバタバタと外を駆け回る複数の足音もして、それが妙だった。

——なんだか外が騒がしい……。

見れば、カインも眉を寄せて外の様子を気にしているようだ。

しかし、相手が誰かわからないうちは二人で出て行くわけにはいかないと判断したのだろう。彼はヴェルに顔を近づけてそっと耳打ちをしてきた。

「俺は、居間で様子を窺っている。もしも村の誰かが入ってくるようなら、適当に隠れるから心配しなくていい」

「わ…、わかった……っ」

その言葉にヴェルは大きく頷いて玄関に向かった。

外からは足音だけでなく人の声もしているが、何を言っているかはわからない。

ヴェルは呼吸を整えると、いつもどおりを装って扉を開けた。

「はい……」

「カイン団長は来ていますか!?」

「……え？」

「あ…、いきなりすみません…ッ！　ロバート副長から、ここにいるから呼んでくるようにと言付かって……ッ！　その…、連中が……、あいつらが、この村にやってきたんです……っ！」

「え、え…？」

訪ねてきたのは、どうやらカインの部下らしい。

だが、あまりに興奮しているから彼の言いたいことがヴェルには伝わらない。

少なくとも、カインがここにいると知ったうえで来たようだが、これでは反応のしようがなかった。

「どうした、ボッシュ。何かあったのか？」

「あっ、団長！」

と、そこへカインもやってくる。

相手が部下とわかって来てくれたのだろう。

その表情はいつもヴェルに見せるものより厳しかったが、ボッシュと呼ばれた彼は気にすることなく身を乗り出した。

「そっ、それが…、食後の運動にと村を歩き回っていたら、突然、荷馬車が三台やってきたんです！」

「荷馬車？　ここに人が来るなんて珍しいな」

「そうなんです！　だから、俺たちも興味津々で見てたんですけど、御者の一人にどうも見覚えがあって……。俺たちのすぐ傍で停まったあとも、やけに馴れ馴れしく話しかけてくるから調子を合わせてたんです。そうしたら、血相を変えた副長が宿から飛び出してきて『そいつらを捕まえろ！』って……。よく見たら、その御者は例の盗賊団の一味だったんです……ッ！」

「それは確かか!?」

瞬間、カインの目の色が変わった。

鋭い光を宿した瞳にヴェルが息を呑むと、彼はさらに声を荒らげた。

「それで連中はどうした!?」

「そ、それが…ッ、村人に害を与えないように民家のない方へ追い込んだまではよかったのですが、途中で逃げられてしまい……っ！」

「……それでこの騒ぎか」

「申し訳ありません！　今、追っているところです……ッ！」

一体なんの話をしているのだろう。村に誰が来たのだろう。

ヴェルが知る限り、余所から村に来たのはカインたちがはじめてだ。立て続けに見知らぬ人が来たことに驚く一方で、カインの反応が気になって仕方ない。

——カインの、知っている人なの……？

緊張感が伝わり、ヴェルの心臓の音も速くなる。

カインは深く息をつくと、外の様子を確かめながら部下に頷いた。

「話はわかった。すぐに向かうとロバートに伝えてくれ。絶対に、ここでやつらを捕まえよう」

「了解しました！　では、失礼します！」

カインの言葉に、彼は背筋をぴんと伸ばして敬礼する。

去り際にヴェルにも小さく頭を下げ、そのまま通りの向こうへ消えた。

ヴェルはあまりの勢いに呆気に取られていたが、カインは数秒ほど部下の背中を目で追いかけてから振り向いた。

「ヴェル、行かなければならなくなった」

「……一体、何が起こってるの……？」

「俺にも、詳しいことはまだわからない。だが、今の話が確かなら、ここでやつらを逃がすわけにはいかない。俺たちが、ずっと追いかけていた連中なんだ……。あいつらは女や子供を攫って売り飛ばし、金品を強奪しては罪もない人たちを殺害してきた。悪事を挙げたら切りがないほどだ」

「……っ」

「だから、絶対に捕まえなくてはならないんだ。もちろん、村に被害が出ないように最善を尽くす。ヴェルは家の中でじっとしていてくれ」

「で、でも……」

ヴェルは不安を覚えてカインに手を伸ばす。

離れたくない。行かないでほしい。

そんな怖い人たちのところに行ってほしくない。

手を震わせながら服を摑むと、カインは目を細めて優しく微笑んだ。

「大丈夫だ。怖いことは何もない。――あぁ、そうだ、俺がいない間は、これを持っていてくれるか？」

そう言うと、彼は首から提げた首飾りを外す。

先端に小さな袋がついているやや地味な首飾りだ。いつも身につけていたのは知っているが、灰色で目立たないからさほど気にしたことがなかった。

不思議そうに見ていると、カインはヴェルの手を取ってその首飾りを握らせた。

「これは、俺が十三歳で騎士団に入った頃から持っているものだ。袋にはそのときに切った俺の髪が入っている」

「カインの……？」

「あぁ、騎士団では力がすべてだ。身分や年齢、見た目など関係ない。だから俺は騎士団に入った。これには、どんなときも自分を信じるという決意が込められている。そのお陰か、俺は騎士団に入ってから一度も負けたことがない。どんな窮地に立っても必ず巻き返してきた。今の俺がそれなりに周りから認められているのは、自分を信じて進み続けたからだ」

「そ、そんな大事なものを……」

ヴェルは目を丸くして首飾りを見つめる。

そんなにすごいものだとは知らなかったから、手が震えてしまう。

こんな大事なものを自分が持っていてもいいのだろうか。戸惑いを顔に浮かべていると、カインは首飾りごとヴェルの手を強く握った。

「だからヴェルも信じてくれ。これを俺だと思って待っていてほしい」

「う…、うん……」

「じゃあ、またあとでな。すぐに戻るから」

「……う…ん」

小さく頷くと、彼はヴェルの頭をぽんと撫でて外に出る。

風に揺れる銀髪。広い背中。

思わずあとを追いそうになったが、それより前に扉が閉められてしまう。

遠ざかる足音に耳を澄ましたが、すぐに聞こえなくなり、彼の気配も感じられなくなった。

再び不安が頭をもたげ、ヴェルは手に持った首飾りを見つめた。

これは、カインの御守りだ。

窮地に立ったときもずっと彼の傍で見守ってきたのだ。

そう思うだけで、本当に彼がここにいる気持ちにさせられる。

見ているだけで、不安まで和らいでいくようだった。

――だけど、これは私が持っていていいもの……？

自分はここに隠れているだけだ。

カインたちが追っている連中は民家のほうにはいないと言っていたのだから、ヴェルに危険なことは何もないだろう。

ならばこれは、今のカインにこそ必要なはずだ。

「カイン、待って…ッ！」

次の瞬間、ヴェルは外に飛び出していた。

やはりこれは自分が持つべきものではない。

カインの部下が走り去った方角を思い出しながら急いで通りに出る。早くこの御守りを彼に返さなければと、頭にはそれしかなかった。

だが、その直後、

「――む…ぐ…ッ!?」

突然背後から口を塞がれ、ヴェルはくぐもった声を漏らした。

何が起こったのかわからない。いきなり羽交い締めにされて、気づいたときには身動きが取れなくなっていた。

――もしかして、カインたちの追っている人たちが……？

この辺りに潜んでいたのかもしれない。

そう思って、ヴェルは青ざめ必死で身を捩った。

待っていろと言われたのに、安易に外に出てしまったことを激しく後悔する。相手を知っているわけではなくとも、先ほどの話で恐ろしさは充分伝わっていた。

「んんっ、んーッ！　うー…ッ！」

「しっ、ヴェル！　私だ！　レスターだ……っ」

「ンー…、う…ぅ…、……？」

「あぁそうだ。私だ。わかるね？　大丈夫だから落ち着きなさい」

呻き声を上げてもがいていると、不意に耳元で声がした。

ヴェルはびくっと肩を揺らして身を固くするが、すぐに知っている声だと気づく。僅かに首を傾けるとレスターと目が合った。

彼は「大丈夫だ」と優しく繰り返しながら、ゆっくり頷いている。

ヴェルもこくこくと頷くと、レスターはほっと息をついて塞いだ口から手を放し、拘束も緩めた。

「レスター、どうしてこんなこと……」

「驚かせてしまったことは謝るが、今は無闇に出歩かないほうがいい。村に怪しい連中がやってきたようで、それを騎士団が追いかけているんだよ。下手なことをして見つかれば何をされるかわからない」

「それは…、知ってるわ」

「だったらなぜ大人しくできない？　おまえが行こうとしていた方角には、怪しい連中が潜んでいる可能性があるんだ」

「……ご、ごめんなさい……」

静かな声音で咎められて、ヴェルは慌てて謝った。

レスターは騒ぎを聞きつけて様子を見に来たのだろう。そうしたら、ヴェルが外に出ていたから慌てて止めに入ってくれたようだった。

──私、なんて考えなしなの……。

レスターが止めてくれなかったら、どうなっていたかわからない。

もしそこで怪しい連中に見つかれば、御守りを返すどころではなかった。

「……ごめんなさい」

「もう謝らなくていい。わかればいいんだ。それより、おまえは私の家に来なさい。一人で家にいるより安心だから」

「え…、で、でも……」

「おいで。いつまでも外に出ていては危険だ」

「ま、待ってレスター、引っ張らないで……っ」

「いいから来なさい」

「あ…っ!?」

声は優しいのに、やけに強引だ。

危険だからと気遣ってくれているのはわかるが、あまりに強く握られて手が痛い。

待ってと言ってもぐいぐいと引っ張られ、足がもつれそうになる。レスターはそれでも止まろうとせず、ヴェルを自分の屋敷に連れて行こうとしていた。

「や…っ！　いや…ッ！」

だが、彼に身体中を触られたときの恐怖が蘇り、ヴェルは声を上げる。

レスターの家には行きたくない。カインにも二人きりになってはいけないと言われているのだ。ヴェルは咄嗟に手を振りほどこうとした。

「――レスターさま、どうかされましたか？」

と、そのとき不意に声がかかった。

レスターはハッと息を呑んで、辺りを見回す。

見れば、すぐ傍の家から老婆が顔を覗かせていた。少し離れた隣の家に目を移すと、そこでも様子を窺う老婆の姿があった。

ヴェルはほぅっと胸を撫で下ろす。

別にレスターの屋敷まで行かなくとも、この中の誰かの家にいさせてもらえばいいと思ったのだ。

「レスター、私……――」

「これから儀式なんだよ」

「……え？」

しかし、ヴェルの言葉を遮るように彼は妙に穏やかな声を上げる。

シトシトと降る雨の中、老婆たちは身じろぎもしない。なんの話かすぐに理解できなかったからだろうが、レスターは呆れた様子で息をついた。

「花嫁の儀式をね…、急遽《きゅうきょ》することになったんだ」

「……ッ!?」

「それはどういう…、あと半年と聞いていましたが……」

「昨夜、湖に水神が現れてそう命じられたのだ」

「えっ!?」

「水神は、一刻も早い儀式を望んでおられた。喜ばしいことに、ヴェルのことを大層気に入っておられるようだよ」

「なんと……」

突然の話に、老婆たちは驚きを隠せない様子だ。

雨に濡れるのも気にせず、皆、身を乗り出して聞いていた。

もちろんそれはヴェルも同じだった。

つい先ほどまではレスターの屋敷に行くという話だったのに、どうしていきなり変わってしまったのだろう。

それに、儀式の時期が早まることがあるなんて聞いていない。

突然水神が命じたなどと言われても、にわかには信じられなかった。

――だって、私はもう花嫁の資格がないのに……?

それを水神が知らないわけがない。

祠の近くでカインと抱き合ったことも、毎夜の如く逢瀬を重ねていることも、水神が知らないとは思えなかった。

「だから村のことは頼んだよ。なにやら物騒な連中がいるとのことだが、幸いなことに、この村には騎士団の方たちがいる。すべて彼らにお任せして、皆はほとぼりが冷めるまで家に隠れているといい。私たちはこれから湖で儀式をするから、しばらく戻れない。滞りなく終わることを祈っていてくれ」

「は、はい、村はお任せください。私たちも祈っております」

「え、おばあちゃ……」

「よかったねぇ。ヴェル、水神さまにしっかりお仕えするんだよ」

「……っ」

戸惑うヴェルを余所に、老婆たちは喜びをあらわにする。

皺だらけの顔をくしゃくしゃにして笑い、どこか安心した様子で頷いていた。

「では行こう」

「レ、レスター……」

「おいで」

「……あ」

レスターはにっこり笑ってヴェルの手を掴む。

老婆たちは深々と頭を下げていたが、レスターは一度も振り返ることなく森へと向かった。

ヴェルは動転してまともに思考が働かない。

森に向かっているということは、本当に儀式をするのかもしれない。

自分にはもう資格がないのに、どうしていきなりこんな話になったのだろう。

それにしても、レスターに握られた手が痛くて仕方ない。顔をしかめてその横顔を見上げると、彼は爛々と目を輝かせていた。

「……レスター？」

なんだか様子がおかしい。

ヴェルは眉をひそめて訝しむが、彼のほうはそんな視線にまったく気づくことなく、おかしそうに歯を見せて笑いはじめた。

「く…、ははは……っ」

何がそんなに愉しいのだろう。

こんな笑い方をするレスターは見たことがない。

少し気味悪く思っていると、前方に湖が見えてきた。

ヴェルは青ざめて息を震わせる。湖に身を沈めるという現実が近づき、はじめて恐怖を感じていた。

「レ…、レスター……。私、まだ心の準備が……」

「そんなものは必要ない」

「で、でも……ッ」

ヴェルの不安にレスターは少しも耳を傾けてくれない。

それどころか、さらに歩を速めてヴェルの手をぐいぐい引っ張った。

けれど、男と女の歩調が同じであるわけもなく、いつまでも合わせられるものではない。

ヴェルの息はどんどん上がり、呼吸が苦しくなっていく。おまけに長雨で土がぬかるんでいるから、いつ足を取られてもおかしくなかった。

「待っ……──、きゃあッ!?」

案の定、ぬかるみに嵌まり、ヴェルは前のめりに倒れ込んでしまう。

その勢いでレスターの手は離れたが、咄嗟に地面に手をつくので精一杯だ。水たまりを避けることはできず、バシャ…ッと大きな音を立てて膝をついた。

「……い…痛……、……あ、御守りが……」

だが、膝の痛みに顔を歪めた直後、ヴェルはすぐに蒼白になる。

手に持っていたはずの御守りがなかった。

転んだ拍子に手放してしまったのかもしれない。膝の痛みなど気にするどころではなくなり、ヴェルは慌てて御守りを探した。

「やだ、どこに……っ」

「ヴェル、何をしてるんだ。早く立ちなさい」

「や…、待って。御守りがないの……ッ」

「ヴェル、いい子にしなさい」

「お願いだから……ッ！　せめて御守りだけ持って行かせて……っ」

ヴェルは再びレスターに腕を取られ、必死の想いで懇願した。

すると、彼はすぐに腕を放して息をつく。願いが通じたのだと思い、ヴェルは地面に手をついてまた御守りを探しはじめた。

ところが、その直後、ヴェルの身体がふわりと宙に浮く。

レスターはヴェルの腰を摑んで、いきなり抱きかかえてきたのだ。

「なにっ!?　レスター？」

「さぁ、一緒に行こう」

愉しげに笑い、レスターはそのまま走り出す。

人を抱えているというのに、彼の足はどんどん速くなっていく。

気づいたときには、とうに湖を通り越していた。

――どういうこと……？

何がなんだかわからない。

それなのにレスターはなおも走り続ける。

しばらくすると森を抜けて彼の屋敷の裏庭に出たが、それでもヴェルはまだ自分がどんな状況に置かれているのか理解できなかった――。

❀　❀　❀

一方、カインはその頃、盗賊の一味を追って村から続く緩やかな山道にいた。

幸いにも雨はぱらつく程度で、視界もそれほど悪くない。

息を弾ませて辺りを見回すと、怒声と悲鳴が聞こえてすぐさま走り出す。声のしたほうへ向かうと、ロバートをはじめとした騎士団の面々が、商人風の装いをした男たちを崖《がけ》に追い詰め、今まさに捕らえようとしているところだった。

「ロバート……！」

ようやく皆に追いつき、カインは素早くロバートの横につく。

馴染んだ気配に、ロバートはぴくりと肩を揺らして小さく頷いてみせた。

他の騎士たちもカインに気づいて僅かに息をつくが、皆の視線は商人風の男たちを捉えたままだ。

「……あいつらか。確かに見覚えがあるな」

「あぁ、特に真ん中の男は、王都で一度鉢合わせしたことがある。盗賊の一味が潜んでいるという屋敷に乗り込んだときのことを覚えているか？　あのとき、屋敷から出てきた男がいたが、それがあいつだ。目が合ったから覚えている。あのときは馬に乗って逃げられてしまったけどな……」

カインは腰を低く構え、ロバートの言葉に頷く。

崖の手前まで追い詰められている三人の男。

その真ん中に立つ恰幅のいい男は、カインもはっきりと覚えていた。

あのときは、逃がしたことをずいぶん悔やんだものだ。

乗り込んだ屋敷には、権力者に買われる寸前の娘たちが全裸の状態で監禁されていた。娘たちはのちに家族のもとに戻されたが、行方不明になっていた者ばかりだったことから、男が盗賊の一味だというのは間違いなかった。

「くそっ、なんだってこんなところに騎士団がいるんだ……ッ！」

そのとき、真ん中の男が吐き捨てるように叫んだ。

見たところ、彼らは商人を装って村を襲うつもりでいたのだろう。

こんな辺境の村で騎士団と鉢合わせるなど運が悪いとしか言いようがないが、自分たちにとってはこれ以上ないほどの幸運だ。

カインたちはじりじりと前に進み、男たちをさらに追い詰めていく。

男たちのほうは僅かに後ろに下がったが、すぐに足場がなくなって動けなくなる。それでもまだ諦めていないのか、彼らは辺りを見回して逃げ場を探しているようだった。

――絶対に逃がすものか……ッ！

カインは唇を引き締め、半歩前に足を踏み出す。

その直後、両脇にいた男たちが、突然カインたちのほうへと突進してきた。

一方で、真ん中の男は森に向かって走り出し、その僅かな隙を狙って逃げようとしている。

突進してきた男たちは真ん中の男を逃がそうとしているかのようだったが、その程度の動きで自分たちを欺けるわけがない。

カインは突進してきた二人を難なく躱《かわ》し、森に向かおうとする男を追いかけ、その足を素早く払った。すると、男はつんのめって勢いよく転倒し、したたかに地面に身体を打ち付けた。

「ぐぅ…ッ、い…、いてぇ…っ！」

「往生際の悪いやつだ。この期に及んでまだ逃げようというのか」

「おまえ…、銀髪の騎士……ッ！　くそっ、なんだって歴戦の将が盗賊狩りなんてやってんだッ！　この化け物が……っ！」

「今は戦争はないからな。王都の治安を守るのが務めなんだ。しかし、ずいぶん威勢がいいな。とりあえず、その脚をへし折っておくか」

泥まみれになった顔を拭いながら、男はなおも悪態をついていた。

だが、今さらどんな言葉を投げかけられようが痛くも痒くもない。

カインは鼻で笑い、男の背中を踏みつける。片方の足を掴み、そのまま捻り上げようとすると、男は恐怖で顔を歪めて悲鳴を上げた。

「ひぃぃ……ッ、やめろぉぉお…っ！　わ、わかった。わかったから……ッ！　もう逃げないからやめてくれぇ……ッ！」

「なんだ、もう観念するのか？　さすがに早すぎないか？」

「早くてもいいっ、観念するっ、するから……ッ！　だから頼む…ッ、それ以上は勘弁してくれ……ッ！」

「……拍子抜けだな」

「くそぉ……ッ」

男はどんと地面に拳を打ち付け、がっくりと項垂れる。

よほど痛みに弱いのだろうか、それとも本当に折られると思ったのか、その手はぶるぶると震えていた。

あまりの呆気なさにカインはため息をつく。

もっと骨のある相手なのかと思っていたが、そうでもなかったようだ。

ふと、後ろの様子が気になって振り向くとロバートと目が合う。どうやら残りの二人もしっかり捕らえたようで、部下たちが下敷きにしていた。

「ロバート、これで全員か？」

「おそらく」

「……おい、おまえ。他に仲間はいるのか？　正直に答えろ」

「い…、いねぇよ…ッ！」

「本当に？」

カインはロバートの言葉を受けて、踏みつけたままの男にも問いかける。

男は首を横に振ったが、相手は盗賊だ。

疑いの目を向けると、男は悲愴な顔でぶんぶんと首を横に振り、思わぬことを言い出した。

「本当に三人だけだ……っ！　俺たちだってまさかこんな……ッ！　――ちくしょう、レスターのやつ、俺たちを騙しやがった……ッ！」

「……レスター？」

「くそっ、くそ…ッ！」

「おい、それはどういうことだ!?」

「ぐぇ…!?」

なぜここでレスターが出てくるのだ。

カインは顔色を変え、男の襟首《えりくび》を引っ張り上げた。

予想外の話で力の加減ができない。

この男たちは、偶然村を襲いに来ただけではないのか？　蛙《かえる》が潰れたような声を聞いても、カインは構わず力を込めた。

「おまえたち、レスターとはどんな関係だ!?」

「がは…ッ、く…、首……ッ、死んじまう……！」

「おい答えろ！」

「ぐ…ぁ…ッ、こ、答える…、だから首を……ッ！」

「……あぁそうか」

「っは…ッ、ぜぇ、はあ…ッ、……レ…、レスターとは、ずいぶん前から付き合いがあるんだ。月に一度は呼ばれるから、俺たちはいつもと同じつもりで来ただけなんだよ……っ」

「なんだと!?」

「だが…、よくよく考えてみると、今回は少し変だった……。今まではこっ、こっちの村には絶対に来るなって言っていたのに、急に一度こっちにも来てくれって……」

「こっちの村……？」

「あぁ、レスターが若いやつに持たせた手紙にそう書いてあったんだ。だからこの雨の中、無理してやってきたっていうのに……っ」

「……？」

男はひゅうひゅうと喉を鳴らし、息を乱しながら答える。

懇願するような眼差しからは嘘は感じないが、すべてを鵜呑《うの》みにすることもできない。

盗賊と神官など真逆と言ってもいいほどの存在が一体どこで知り合ったというのか。

とはいえ、呼ばれてのこのこやってくるほど彼らがレスターと親しい関係だというのは、現状が証明している。

嘘をついたところで、彼らの得になる理由も見当たらない。

そのうえ、男の話しぶりからすると、彼らのほうが自分たちより遙かにこの村について詳しい様子が窺い知れた。

——こっちの村ってなんだ……？

まるで他にも村があるような言い方だが、この辺りにそんな場所があっただろうか。

『若いやつ』というのもよくわからない。この村にいるのは高齢者がほとんどで、若いと言えるのは、ヴェルとかろうじてレスターくらいなものなのに、一体誰が盗賊に手紙を届けに行ったというのだろう。

だが、それより気になるのは、村に騎士団がいる『今』、彼らがこの村に呼び寄せられたことだった。

「カイン…、なんか変じゃないか……？」

「……あぁ」

ロバートが腑に落ちないといった様子でカインに目を向けた。

まったく同感だ。

なぜ、彼らはレスターに呼ばれたのか。

なぜ今なのか？

――レスターは、何を考えている？

騎士団がこの村に来たのは単なる偶然だが、どうやらそこに盗賊の一味がやってきたことはなんらかの意味がありそうだ。

たとえ相手が盗賊であろうと、それなりの関係を築いていたなら、普通はいきなり罠に嵌めるような真似はしない。これでは、騎士団に捕まえさせるのが目的と思われても仕方なかった。

――罠……？

「……ッ！」

「ぐぇ……ッ」

瞬間、カインは目を見開き、襟首を掴む手に力を込めた。

苦しげな呻きが聞こえたが、構うことなくロバートのほうに男を放り投げると、そのまま身を翻す。

「うわ…っ!? なんだよ、カイン……ッ!?」

「ロバート、悪いがそいつを引き受けてくれ！　俺は一旦村に戻る……っ！」

「なんだって!?　おっ、おい…ッ、カイン……ッ！」

突然のことにロバートは狼狽し、すっかり素の状態になっている。皆の前だというのにカインを呼び捨てにしたことにも気づいていないようだった。

だが、今は説明している間も惜しい。

説明できるほどの冷静さが今の自分にあるとも思えない。

カインは茂みを抜けると、村に続く緩やかな勾配を素早く駆け下りていく。先ほども同じ場所を通ったはずなのに、やけに遠く感じて焦りが募る。雨足も強くなってきたようで、顔に雨粒が当たるのを鬱陶しく思いながら来た道を戻った。

「──ヴェル…ッ！」

それから程なくカインは村に戻ったが、真っ先に向かったのはヴェルの家だった。

なぜ、レスターは連中を村に呼んだのか？

なぜ『今』なのか？

頭に浮かんだ答えは一つしかない。

カインが邪魔だからだ。

ヴェルと引き離すために必要だったからだ。

以前、カインの部下がレスターを王都で見たことがあると言っていたが、あれが事実であるなら説明がつく。騎士団が盗賊を追っていることを知っていたからこそ、レスターは盗賊団を囮《おとり》に使ったのだ。

「ヴェル…ッ、どこだっ！　どこにいる⁉」

カインはヴェルの家に上がり込み、次々と部屋を開けていく。

けれど、彼女はどこにもいない。

いつも寛いでいる居間にも、二階の寝室にもいない。

他の部屋もすべて確認したがどこにもいなかった。

――やはり、レスターが……。

カインは息を乱し、一階に駆け下りる。

レスターにヴェルを抱いたと告げてけしかけたのは自分だ。

だから、この一週間、ずっと警戒はしていた。

日中は騎士団の皆に協力を仰いで村を巡回し、夜は夜で彼女の家で過ごしてできる限り目を離さないようにしてきた。

しかし、それでは甘かったのだ。

あの男は、自分が思うよりも遥かにヴェルに執着していたのかもしれない。

「こっ、ここで何してるんだい⁉」

「……っ⁉」

そのとき突然、廊下の向こうから声が響いた。

玄関のほうに目を向けると、いつもヴェルに食事と服を持ってくる老婆が立っている。

彼女を捜すのに必死で、玄関が開く音に気づかなかったようだ。

今はこの状況を説明している余裕はない。カインは躊躇うことなく老婆のいる玄関へと向かった。

「あんた、ヴェルを知らないか!?　外は危ないから家にいるように言っておいたのに、どこにもいないんだ！」

「ひ…っ！」

「どうなんだ、何か見たなら教えてくれ！」

だが、いくら聞いても老婆は何も答えない。

微かな悲鳴を上げ、恐怖に顔を歪ませているだけだ。

多少声を荒らげてはいるが、問題はそこではないのだろう。こんな見た目のせいで必要以上に怯えられることは、これまで数え切れないほどあった。

「……どいてくれ」

「あ…っ、ど…、どこに……」

カインは唇を噛みしめ、老婆を避けて玄関扉に手をかける。

何も答えないなら、なぜ話しかけたのか。遠巻きに見られているほうがまだマシだと、憤りを胸に外へ出た。

「……え？」

ところが、外に出た直後、カインはぴたりと足を止める。

雨の中、ヴェルの家の周りには村の老婆たちが集まり、怯えた顔で自分を見ていたのだ。

「おいっ、ヴェルを見なかったか!?　どこにもいないんだ！」

「ひぃぃぃ……っ！」

けれど、老婆たちは写し取ったように同じ反応をする。

皆、身長も同じくらいで顔つきも似ているうえに、白髪交じりで後ろで一つに結んでいるところまで同じだから、少し離れた場所からだと違いがわからないほどだった。

これ以上ここに留まっていても意味がない。

カインは浅く息をついてまた歩き出す。老婆たちはさらに怯えて後ずさっていくが、もはやそんなものは眼中になく、カインはそのまま通りを抜けてレスターの屋敷に向かおうとした。

「そっ、そっちはだめだよ……ッ」

しかし、それを咎めるように誰かが声を上げた。

カインは内心驚き、老婆たちを振り返った。

すると、老婆たちは不安そうにしながら頷き合い、その中の一人が躊躇いがちに声を上げた。

「み…、湖のある森には誰も入っちゃいけないんだ。ヴェルとレスターさましか許されていない。だからそっちはだめなんだよ」

「湖……？」

どうやら、老婆たちはカインが湖に行くと思っているようだ。

言われてみれば、ここをまっすぐ行った先には湖に続く分岐の道がある。カインはその分岐の道からレスターの屋敷に向かおうとしていたのだが、老婆たちは勘違いしているようで、珍しく焦った様子を見せていた。

「だからどうした？　村の決まりは、余所者の俺には関係ない」

「な…っ、なんて不届きな……っ」

「話はそれだけか？　俺は急いでるんだ」

「ちょ、ちょっと…ッ、だめだって言ってるじゃないか！　本当にだめなんだよ。特に今日は……ッ！　儀式の最中だっていうのに、水神さまの逆鱗に触れたらどうしてくれるんだい!?」

「……なに？」

「あぁ…、だけど、もう終わったのかねぇ。あれからどれくらい経った？」

「三十分くらいかねぇ……。こっちは待ってるだけだから、さっぱりわからないよ」

老婆たちははじめは必死でカインを引き留めようとしていたが、誰かの一言で途端にその勢いが消える。円になって「どう思う？」などと暢気《のんき》に聞き合っていた。

――儀式……？

今、儀式の最中だと言ったのか？

カインはみるみる血の気がひいていくのを感じた。

「水神の…、花嫁の儀式……？」

「あんた、知ってたのかい？　な…、なんだ、じゃあ話が早いじゃないか……。そうなんだよ。ちょっと時期が早まって、ヴェルは今その儀式をしているところなんだ。あれから結構経ったから、もう終わってるかもしれないけれど」

「……何を…、言って……。なんでそんなに平然と………」

「なんでって…、これほど素晴らしい日はないじゃないか。あの子は自分のすべきことをしたんだ。誰にでもできることじゃない。本当にいい娘だった」

老婆は満面に笑みを浮かべていた。

見れば、他の老婆たちも笑顔で頷き合っているが、悪い冗談としか思えない。

どうしてそこで笑えるのだ。その儀式で何を捧げなければいけないのか、わかっているはずだろう。

「滞りなく終わるといいねぇ」

「あぁ、大丈夫さ。あの子はそのために生きてきたんだから」

「……ッ」

とても聞いていられない。

カインは瞬間、その場を駆け出していた。

「あっ、ちょっとあんた…――」

引き留める声がしたが、知ったことではない。

なんの情も感じられない言葉。

すっきりしたような笑顔。

皆が皆、同じ反応をしていることにおぞましさを感じた。

そういえば、ヴェルは老婆たちのことをすべて『おばあちゃん』と呼んでいた。

物心ついた頃にはあの老婆たちがいたはずだが、特別誰かに懐くことはなかったのだろうか。

――皆同じに見えていた……？

まさかと思いながらも妙に納得してしまう。

一見、気にかけているようで、ヴェルをヴェルとして見る者は誰もいない。

食事と服を持ってくる老婆。掃除をしてくれる老婆。洗濯をしてくれる老婆。

ヴェルにとって彼女たちは、その程度の違いしかなかったのかもしれない。

「ヴェル……ッ！」

カインは猛然と通りを駆け抜け、湖に向かった。

途中まで追いかけてきた声は湖に続く分岐の辺りで聞こえなくなっていたが、一度も振り向くことなく一本道をひた走った。

「ヴェル…ッ、ヴェルっ、どこだ……ッ！」

カインは叫びながら、彼女の姿を捜した。

まだ間に合うはずだ。必死で自分に言い聞かせる。

だが、湖のほとりについたとき、あるものが目に入って足を止めた。

灰色の紐の先についた小さな袋。

彼女に手渡したはずの首飾りが草むらに落ちていた。

「……」

――信じない。絶対に信じない。

カインはそれを拾い上げると湖に足を踏み入れる。

水は冷たく凍えるようだったが、ここにヴェルがいるかもしれないと思えばどうということはなかった。バシャバシャと音を立てて進み、足がつかなくなると水に潜って彼女を捜した。

この村は異常だ。

早くここを出て行けばよかった。

無理にでも彼女を連れ出せばよかった。

後悔してもしきれず、カインは水に潜り続けた。

どんなに冷たくとも、やめるわけにはいかない。絶対に連れ戻してみせる。

身体は芯から冷えていったが、不思議と手足の感覚はしっかりしていたから水に沈むことはなかった。

「カインッ!?　おい、何してるんだ…ッ!?　おい、おいカイン…ッ、馬鹿なことはやめろ……ッ！」

そのうちに、どこからか男の声が聞こえてきた。

しかし頭がぼうっとして誰の声かがわからず、カインは耳を傾けることなく何度も潜る。

「くっそ…ッ！」

それから程なくして、激しい水音が耳朶を打つ。

何かが飛び込んだような衝撃にカインは水面に顔を出した。目に飛び込んできたのは、必死の形相で泳いでくるロバートだった。

「ロ…バート……？」

「戻れッ！」

「……え？」

「いいから戻れ……ッ！」

ロバートは湖の中程まで来て強い口調でそう言うと、カインの腕を引っ張った。

にもかかわらず、まともな反応が返ってこないからか、ロバートは腕を摑んだまま強引に泳ぎはじめる。

バシャバシャと音が立つたびに水面が波打ち、カインの身体は引きずられるようにして湖のほとりに進んでいた。

なぜロバートは怒っているのだろう。

そっちは違う。まだ戻るわけにはいかない。

「早くッ、カインから先に……ッ！」

「……っぐ」

ところが、戻ろうとした矢先に強い力で引っ張り上げられる。

地面に横たわると途端に身体が重くなり、カインは肩で息をしながら身を起こした。

すると、心配そうに自分を見つめる二人の部下と目が合い、その傍で地面に膝をついて呼吸を整えていたロバートがいきなり怒鳴ってきた。

「馬鹿野郎…ッ！　こんなところで命を捨てる気か!?」

「……ッ!?」

「ばあさんたちから…、話は聞いた……ッ！　だから大体の事情は察するが、こんな冷たい水に飛び込むやつがいるかよ……っ！」

「だが、ヴェルがここに……」

「気持ちはわかるがそうじゃないだろう。少し冷静になってくれ」

「そんな暇など……――」

「いいから冷静になれ……ッ！」

「な……」

ロバートは苛烈《かれつ》な眼差しでカインを怒鳴りつける。

その唇は紫色になっていて、いかに湖の水温が低かったかを物語っていた。

だが、この状況でどうすれば冷静になれるというのか。

ヴェルに渡した首飾りは、湖のほとりの草むらに落ちていた。

それは、自分と別れたあとに彼女がここに来たことを示す何よりの証拠だった。

彼女は湖にいる。早く助け出してやらなければならない。湖を振り返ろうとすると、ぐっと両肩を摑まれて動きを封じられる。間近に迫ったロバートの必死な形相に驚いていると、彼は絞り出すように声を上げた。

「いつもの冷静で理性的なおまえはどこに行ったんだ。そんなに弱いやつじゃないだろう!?　頼む…、頼むよカイン……っ！」

「ロバート……」

「確かにこの村はおかしい。ばあさんたちは気味が悪いし、怪しい神官もいる。そのうえ、村で唯一の娘は生け贄に差し出されるっていうんだ。誰だって奇妙に感じるに決まってる。……だが、聞けば儀式は半年後と決まっていたそうじゃないか。だったら、なんで今なんだ？　どうしてあいつが呼び寄せた連中が現れたときなんだよ？　なぁカイン、そんなのおかしいだろう？　盗賊なんかと繫がっているやつの言葉なんて信じられるわけがないよな？　誰も自分の目で確かめてもいないのに、信用できるわけがないんだよ……ッ！」

「……あ……」

「そう、そうなんだ。冷静になればわかるんだ。いいか、カイン。レスターは盗賊と関わりがあった。俺たちが追っている連中だ。ならばこれは騎士団として動くべき問題でもあるんじゃないのか!?」

カインは目を見開き、ハッと息を呑んだ。

どうしてそんなことも考えられなかったのだろう。

なぜ、こんなときこそ冷静になれなかったのか……。

罪もない王都の人々を苦しめてきた盗賊団。

そんな連中と繫がりのあるレスターがまともであるわけがない。

水神に仕える身でありながら、あの男は生け贄に差し出す娘に手を出そうとしていたのだ。

おそらく、性の知識はわざと与えなかったのだろう。

無知な彼女を適当な言葉で言いくるめ、あの美しい身体を思うままに貪る時期を狙っていたのだ。盗賊を囮に使ってまで自分たちを引き離したとするなら、そう易々と彼女を殺すわけがなかった。

「すまない、ロバート、おまえたちも……」

「少しは落ち着いたようだな」

「……あぁ、情けない姿を見せてしまった」

「まぁ、たまにはいいさ。そのほうが人間らしい。……それより、これからどうする？　ひとまず、レスターの屋敷に行ってみるか？　念のため一人先に向かわせたが」

「そうだな。できるだけ纏まって動こう」

「了解。……あ…と、そういえば、村の周辺の見回りに行かせた二人が昨日から戻っていなかったな。でもまぁ、あいつらなら自力でなんとかするか……」

「あぁ」

カインは頷き、意を決して立ち上がる。

この場にいた二人の部下にも目を向けると、彼らは安心した様子で息をついていた。団長であるにもかかわらず、こんな馬鹿なことをした自分を責めてもいいのに、彼らはまだ信じてくれているようだった。

と、そのとき、

「――…団長……ッ！　カイン団長！」

突然、ガサガサと枝葉が揺れ、地面を踏みしめる音が聞こえた。

声のほうに目を向けると、部下の一人が木々の間から姿を見せる。

彼は身体のあちこちに枯れ葉をつけて、慌てた様子でカインたちのもとに駆け寄ってきた。

「カイン団長、大変です……ッ！　って、あれ!?　びしょびしょじゃないですか！　ロバート副長までどうしたんですか？　こんな寒い中、二人で水浴びでもしてたんですか!?」

「い…、いや、これはなんでもないんだ……。それより、何かあったのか？　ずいぶん慌てていたが……」

「あっ、そ、それが…、例の神官の屋敷を探りに行ったのですが、すでにもぬけの殻だったんです。念のために厩舎を見に行ったところ、馬もいませんでした。おそらく、彼女はあの神官に連れ去られたものと……」

「……っ」

「ただ、連日の雨で地面がぬかるんでいたこともあり、馬車の車輪の跡が門の外に続いているのは確認できました。今ならまだ追いつけるかもしれません」

その報告に、皆が一斉にカインに目を向けた。

もう先ほどのような失態を演じるわけにはいかない。

感情的になっては道を見失う。

それでは何一つ守れない。皆に醜態を晒して、足手まといになるだけだ。

何よりも、彼女が永遠に届かない場所に行ってしまったわけでないなら、望みを捨てる必要はなかった。

「各自、馬を用意しろ！　レスターを追いかける！」

「は…、はい…ッ！」

「カイン、だが盗賊たちはどうする？　今は昏倒させてやつらの荷馬車の荷台に括り付けてあるが」

「邪魔ではあるが連れて行く。誰一人として逃がしはしない。すべてを終わらせて王都へ戻る！　そのつもりで準備しろ……ッ！」

「はい…ッ！」

森の中に、完璧に揃った声が木霊《こだま》した。

ふと、カインは空を見上げて息をつく。

降り続く雨は、まだ止みそうにない。

いつもならうんざりしているところだが、今日ばかりは感謝せねばならない。

車輪の跡を追えば、ヴェルを見つけることができるだろう。
だからせめて彼女を見つけるまで、嵐にならないことを願うばかりだった——。

第七章

ガタガタと激しく揺れる荷台。

耳に届く乱れた呼吸音と馬の蹄《ひづめ》の音。

――ピシャ…ッ、ピシャン…ッ！

それらの音に混じって時折鋭い音が響き、どんどん苦しげな息づかいへと変わっていく。

「んー…ッ、んーっ！」

容赦のないその鋭い音を聞くたびに、ヴェルは恐怖を覚えた。

レスターが馬の尻に鞭《むち》打つ音が怖くて堪らなかった。

「もっと速く走れ……ッ！　その四肢はなんのためについているんだ!?」

御者台から聞こえるのは、優しさの欠片もない非情な言葉だ。

長雨で地面が緩んでいるから、足が取られて思うように進まないのも無理はない。

それなのに、レスターは自分の馬を労るでもなく罵声ばかり浴びせていた。

「んっ……、んぅ……」

「ヴェル、さっきから何を暴れているんだい？　余計なことを考えているならやめなさい。これ以上、私を怒らせると何をするかわからないよ？」

「……ぅ…ッ」

「そう、いい子だ。ずっとそうしておいで」

「……ッ」

唐突に話しかけられ、ヴェルはビクッと全身を揺らす。

馬に対する態度と違って声だけは優しいが、その言葉が意味することを考えると恐怖しかない。ヴェルは動くのをやめ、ぶるぶると身を震わせた。

だが、どんなに暴れても、こうもきつく縛られていてはどうにもならない。

ヴェルは、御者台から漏れる微かな光を頼りに目を凝らした。

積み重なった木箱。薄汚れた毛布。

御者台に程近い場所に置かれた椅子。

その椅子に縄で縛り付けられ、口を布で塞がれた自分。

それらが、馬車の荷台に積まれたすべてだった。

――これがレスターの本性……？

ヴェルは目に涙を浮かべて御者台のほうに顔を向ける。

見えるのはレスターの後頭部だけだったが、もし振り向いて目が合ったらと思うと怖くなってすぐに顔を背けた。

脳裏に浮かぶ血走った目。

身体中を這ういやらしい手。

湖を通り過ぎ、森を抜けて辿りついたレスターの屋敷……。

あのときのヴェルは、まだレスターに抱えられたままで状況が摑めずにいた。

しかし、なぜか裏庭には荷馬車が出ていて、いきなり荷台に押し込められたとき、はじめて異常なことが起きていると気づいたのだ。

『——何するのっ、レスター…ッ！』

『何って、縄で縛っているんだよ』

『い…、痛…ッ。……ど…、どういうこと……。さっき、水神さまの花嫁になる儀式をするって……』

荷台に押し込めるや否や、レスターはヴェルの身体を縄で縛りはじめた。

縄は肌に食い込み、力の加減は感じられない。

ヴェルは苦悶の表情を浮かべたが、レスターは気にする素振りもなく縄で縛られた身体を椅子に括り付けていく。そのままヴェルを椅子ごと壁際まで引きずると、唇を歪めて浅く笑った。

『どうして儀式なんてしなくてはいけないんだ？　そんなこと、するわけがないじゃないか』

『え…？』

思わぬ答えに、ヴェルは目を丸くした。

彼は何を言っているのだろう。

本来は半年後に行う予定だったものを、水神から命じられたと言って儀式を早めようとしたのはレスターだ。

――それとも、やっぱり儀式は半年後にすることにしたとか……？

彼の意図が理解できず、ヴェルはぐるぐると考えを巡らせる。

しかし、どんなに考えても答えは出ない。こんなふうに縛り付けられる理由などわかるわけもなかった。

『ヴェル…、おまえは本当に美しく成長したな。たくさんの美女が集まる王都でも、おまえ以上の娘はいなかったよ。それを、馬鹿げた儀式で無意味に死なせるなんてとんでもないことだ』

『……っ!?』

『あぁ、それにしても残念でならない。あと半年ですべてが思いどおりになるはずだったのに、あ、い、つ、あの男のせいで台無しにされてしまった。これほど腹立たしい思いを味わうのははじめてだ……』

『なに…、何を言ってるの……？』

レスターの呼吸はどんどん乱れていく。

血走った目をぎらつかせ、全身を舐めるように見られるのは言葉にできない恐ろしさがあった。

けれど、それ以上に今の話がヴェルを混乱させた。

王都の娘たちと自分が、なぜ比較されているのか理解できない。レスターが何に対して残念だと言っているのかもわからない。だが、一番の衝撃は、神官であるレスターが村の大切な神事を『馬鹿げた儀式』と言い放ったことだった。

『レスター…、どうして……？』

ヴェルの声は、知らず知らずのうちに震えていた。

レスターはそれに気づくことなく、ますます感情を高ぶらせていく。

目を合わせた途端、彼はヴェルの顎を摑み、僅かに開いた唇の隙間から指を入れて小さな舌をひっかいた。

『う…ぁ…』

『つは…、いい反応だ。実に嗜虐心《しぎゃく》をそそられる。しかし何も教えずにいたのが徒《あだ》となったとは……。この唇も、あの男がはじめに奪ったと思うと腸《はらわた》が煮えくり返るようだよ』

『ふ…、うぅ…あ』

『だが…、この程度で諦めるほど私は潔癖ではない。あの男から奪い、おまえを調教しなおす愉しみができたと考えることにしたのだ』

『ンー…ッ』

はじめのうちはヴェルの舌や上顎、歯列を指の腹でなぞっていたが、レスターはその反対の手で胸の膨らみをいきなり鷲摑みにする。くぐもった悲鳴を上げると、彼は口から指を抜き、スカートが捲れて剝き出しになった太股をいきなり撫で回した。

『あぁ、なんて柔らかな胸だ……』

『やっ、いや…っ、触らないで……ッ！』

『肌も滑らかで申し分ない。あの銀髪の騎士さえも夢中にさせるほどの身体だ。さぞや甘美な味なのだろう』

『いやっ、やめて…っ！　どうしてレスター!?　わ…、私は、水神さまの花嫁になるために選ばれたんでしょう？　こんなの酷い……ッ！　この行為は特別な人とするもので、レスターとするものじゃないのに……っ！』

ヴェルの身体は縄で縛られ、おまけに椅子に括り付けられているから自由に動くことができない。

それでも好き放題触られて大人しくなどしていられない。

裏切りとしか思えないレスターの言動が許せなかった。

『っく…、くく……ッ』

しかし、レスターはまったく意に介す様子がない。

喉の奥で笑いを噛み殺し、さらなる裏切りを口にしたのだった。

『水神…？　おまえは、あんな非現実的な昔話を本当に信じているのか？　そんなもの、この世にいるわけがないじゃないか』

『――え？』

『ヴェル、おまえを選んだのはこの私だよ。あれから十三年、私は最初からおまえを自分のものにすると決めていた。馬鹿な村の連中を騙すのは実に容易《たやす》かった。他の男にはじめてを奪われるのは、さすがに計算外だったけれどね』

そう言って、レスターはヴェルの下腹部に手を這わせ、服の上から秘部の辺りを指で軽く突いた。

『んっ』

思わず身体がびくつき、くぐもった声を漏らす。

レスターはニヤニヤといやらしい笑みを浮かべながら、上下に擦っていく。

唇を引き結んで顔を背けると、彼はくすりと笑い、尖らせた舌先でヴェルの首筋をチロチロと舐めはじめた。

『ひぅ!?』

『はぁ…、堪らない匂いだ。……だが…、いつまでもこうしているわけにもいかない。連中に気づかれるのも時間の問題だろうからね』

『……え？』

彼は首筋を舐めながら匂いを嗅いでいたが、すぐに我に返った様子で動きを止めた。

連中とは、もしかしてカインたちのことだろうか。

眉を寄せると、レスターはまた喉の奥でくっと笑いを噛み殺し、ヴェルからすっと離れた。

『どこかに…、行くの……？』

『あぁ、王都に行く』

『え？』

『王都には私の屋敷があるんだよ。権力者の中には私の言うことをなんでも聞く者もいる。騎士団といえど、簡単に手出しはできまい。そこでしばらく過ごしてから別の場所へ移動するのもいいだろう。金なら腐るほどある。父が先代の水神の花嫁にしたように、一生おまえを閉じ込める檻を作ってみるのも面白い。他の男など思い出せぬほどその身に私を刻んでやろう』

『どういう……こと……？』

『くっくっくっ、ヴェル、なんて顔をしてるんだ？　この世に神などいないんだよ。そんなものに祈っても助けてはくれない。父も祖父も水神の花嫁に手を出したが何も起こらなかった。儀式をすると偽って監禁し、死ぬまで犯し尽くした。ヴェル、わかるか？　この世に神がいればとうに罰が下っているはずだ。祈るなら私に祈れ！　従順でいると誓うなら、なるべく長くかわいがってやる！』

『……っ』

レスターは肩を揺らし、歯茎を剥き出しにして笑う。

その表情は村で見せる顔とは違い、まるで知らない人を見ているようだった。

『さて…、そろそろ行かねば……』

愕然としていると、レスターは冷静な口調で後ろを振り向く。

警戒した様子で数秒ほど荷台の外を窺っていたが、ややあって胸元からハンカチを取り出すと、彼はなんの迷いもなくヴェルの口元を塞いだ。

『……ぐっ、うぅ…ッ！』

苦しくて呻くが、彼は顔色一つ変えずにヴェルの後頭部でハンカチを結び、そのまま荷台から下りてしまった。

直後、幌《ほろ》が被されて荷台の中が暗くなり、御者台のほうへ向かう足音が聞こえた。

その間、ヴェルはただ呆然としていたが、やがて荷台が揺れ、馬の蹄の音が耳に届き、そこでようやく荷馬車が動いていることに気がついた。

——あの人は、誰……？

荒っぽい鞭の音。

苦しげな馬の息づかい。

あの人は誰？　あんな人は知らない。

ドクドクと心臓の音が鳴り響き、息が上がっていく。

口は塞がれ、身体も縛られて足をばたつかせるのが精々だったが、ただ怯えているだけではいられない。ヴェルはガタガタと震えながらもがき続けた。

恐怖、怒り、失望。

心の中はぐちゃぐちゃで収拾がつかない。

村での彼は、老婆たちから絶大な信頼を得ていた。

『レスターさまがおっしゃっていたから……』

これまで何度そんな言葉を聞いただろう。

常に物腰が柔らかく、感情をあらわにすることもないが、彼の言葉一つで皆の意見が変わってしまうことは珍しくなかった。

しかしそれは、彼を水神の代理人と思っていたからに他ならない。

だからこそ、老婆たちは常にレスターの顔色を窺い、彼に意見することもしなかったのだ。

「っふ……、う……、ぅ……」

ヴェルの目から涙が溢れ出す。

レスターは皆を裏切っていた。

笑顔の裏でまったく違うことを考えていた。

しかもそれは今に限ったことではなく、代々の花嫁までもが彼の父や祖父に騙されてきたというのだ。

もしそれが本当だとしたら、自分の信じてきたものはなんだったのだろう。

まさかレスターに水神を否定されるとは思わず、怒りなのか哀しみなのかわからない感情でいっぱいになった。

「んん…、ん…うぅ……ッ」

思えば、カインは『レスターには別の目的がある』とはじめから疑っていた。

きっと彼は見抜いていたのだろう。だからヴェルを守ろうとして、夜も一緒にいてくれたのだ。

——全部、カインの言うとおりにすればよかったんだ……。

あのまま家に隠れていればよかった。

彼が戻るまでじっとしていればよかった。

カインは『すぐに戻る』と言っていたのに、わざわざ追いかけたうえに大事な御守りまでなくしてしまった。

どうやって謝ればいいのか、言葉も見つからない。

だけど、このまま離ればなれになりたくない。

村を出るというなら、カインと一緒でなければ嫌だと必死の思いでもがき続けた。

「……んっはぁ…っ、——あれ……？」

すると、口を塞いでいたハンカチがずれて、喉のほうにまで落ちる。

今しかない。身体の拘束はきついままだったが、ヴェルは咄嗟に大きく息を吸い込む。

これが最後の機会と思って、ありったけの声を振り絞った。

「カイン——…ッ！」

「……ヴェル？」

「カイン！　カイン…ッ！」

「っち、拘束が緩かったか……」

忌々しげな舌打ちが御者台から聞こえる。

鞭の音がピシャンと響き、レスターの苛立ちが伝わってくるようだ。

本当は怖くて堪らない。逆らえばどうなるか想像もつかなかったが、何もせずに諦めたくはないとヴェルはなおも叫んだ。

「カイン、カイン…ッ、カイ…――、きゃああ……ッ!?」

だが、その直後、ギィッと軋みを上げて荷台が激しく揺れた。

その強い揺れで身体が傾き、わけもわからず悲鳴を上げる。次の瞬間、ヴェルは括り付けられた椅子ごと荷台の床に全身を打ち付けられていた。

「――っぐ…う…、……、い…、痛……」

一体、何が起こったのだろう。

まさか、馬車が横転したのだろうか。

打ち付けられた痛みでまともに声も出ない。

ヴェルは苦痛に喘ぎながら辺りを見回すが、床に倒れた状態では碌《ろく》に首も動かせない。

かろうじて幌の隙間から微かな光が漏れているものの、外の様子を見ることはできなかった。

「こ…の…っ、誰が停まっていいと言った……っ!?」

それから少しして、レスターの怒声が響く。

どうやら彼は無事なようだが、とても怒っている様子だ。

息をひそめて外の様子を窺っていると、ぬかるみを歩く足音がして、すぐにその動きが止まる。やがてガンッと鋭い音がして荷台が揺れ、ヴェルは全身をびくつかせた。

「つくづく嫌な雨だ。こんなところでぬかるみに嵌まるとは……っ」

レスターの盛大なため息。

断続的にガンッ、ガン…ッと聞こえる鈍い音。

もしかしたら、車輪を蹴《け》っているのかもしれない。

激しい馬の呼吸音はすれど、馬車が動く気配はない。これまで従順に走ってきた馬も、悪路に嵌まってはどうにもならなかったのだろう。

――はじめから無茶だったのに……。

連日の荒天で、馬車を出せる状況ではなかったはずだ。

それなのに無理に馬を走らせ、必要以上に鞭を振るっていた。

さぞや痛かっただろう。苦しかっただろう。苦しげな馬の息づかいに、ヴェルの胸も痛くなった。

「……ヴェル？」

「――ッ」

それから程なくのことだった。

不意に声をかけられ、辺りが明るくなる。驚いて目を向けると、いつの間にか幌が開けられていて、レスターがじっとこちらを見つめていた。

「今の衝撃で横倒しになってしまったのか」

「レスター…」

「まぁ、多少の痛みは自業自得と思って我慢しなさい。ヴェルが騒ぐから馬が驚いてしまったんだ。悪いのはすべておまえだよ」

「……そ…んな……」

ヴェルが痛みで顔をしかめていても、レスターは気遣う素振りも見せない。

それどころか、馬車が停まったことをヴェルのせいにする始末だ。

──悔しい……っ。

レスターがこんなに冷たい人だとは知らなかった。自分は悪くない。悪いのは雨の中、馬を出したレスターのほうだ。

なのに言い返すどころか、彼が荷台に上がってくると気づいた途端、ヴェルは身を固くして怯えていた。鞭の音が耳に残り、自分も馬と同じように痛めつけられるのではと思うと恐ろしかった。

「っは……、いい光景だ……」

「……え？」

やがて、レスターは掠れた声で笑いを噛み殺す。

舐めるような視線にぞくりと肌が粟立ち、その視線を追いかけると、スカートが大きく捲れ上がって、太股どころかお尻まで見えそうになっていた。

「や……っ、――あ……ッ!?」

慌てて身を捩るが、手を使えない状態で服を直すのは容易なことではない。

それでもじたばたもがいていると、いきなり足首を摑まれて、ヴェルはハッと顔を上げる。レスターは床に膝をつき、下卑《げび》た笑みを浮かべながらあらわになった太股を眺めていた。

「まったく淫らな身体だな。どこまで私を誘惑すれば気が済むんだ？」

「いやっ、何するの……っ!?」

「先を急ぎたいところだが、こんな姿を見せられてはね。おまえがいやらしいのが悪いんだよ」

「や…、やめてレスター…ッ、お願い、それ以上触らないで！」

「少しだけだよ。そう、ほんの少し味見をするだけ……」

馬車が停まったことは、もうどうでもいいのだろうか。

今がどんな状況なのかさえ忘れてしまったのだろうか。

レスターは目を血走らせてヴェルの太股にむしゃぶりつく。

必死で身を捩るが、抵抗など意味を為さない。彼はヴェルの足首を持ち上げ、太股の内側にまで舌を伸ばしてきたのだった。

「やだぁ…ッ」

執拗に肌を舐め回す舌。

粘つく唾液。荒い息づかい。

椅子に括り付けられた不自由な身体はレスターの思うがままだ。

大きく開脚させられ、秘部まで舐められそうになってヴェルは悲鳴を上げた。

「あぁ、堪らない。上等なメスの匂いだ。ヴェル、このままおまえを私のものにしてやろう……っ！」

「やめてっ、レスターやめてっ！　いやあ――…ッ！」

レスターはカインとはどこまでも違う。

カインはヴェルの嫌がることは絶対にしない。いつだって温かな手で優しく触れてくれた。人の温もりが気持ちいいと教えてくれたのはカインだけだった。

けれど、レスターに触られるのはおぞましくて仕方ない。

――だって、レスターのことなんて好きじゃないもの……っ。

吐き気がするほど気持ちが悪い。

この人ではないと心も身体も拒絶していた。

無理やり犯されるくらいなら、いっそ殺してほしかった。

そのとき、

――ガタン……ッ！

突然荷台が揺れ、怒声が響いた。

「貴様…ッ、ヴェルに何を……っ！」

ヴェルはその声に肩を揺らして顔を上げる。

苛烈に光る獰猛《どうもう》な眼差し。

風に揺れる美しい銀髪。

視界に飛び込んだその姿に、一瞬で心が囚われる。そこには獣のようにしなやかな動きでレスターに飛びかかるカインの姿があった。

「おっ、おまえ…ッ、どうしてここに……っ!?」

「この外道が…っ、ヴェルから離れろ！」

「う…、っぐ…ッ」

「おまえだけは許さない。生きていることを後悔させてやる……ッ！」

カインは地を這うような低い声で叫び、レスターを荷台から引きずり下ろした。

片手で襟首を掴み、ずるずると地面を引きずって抵抗の隙も与えない。

その力の差は歴然としていて、まるで赤子の手を捻るかのようだ。

カインがその身体を放り投げると、レスターはぬかるみに顔から突っ込んでしまう。

レスターは地面に顔を突っ込んだ状態で悶絶していたが、カインはその身体にのしかかり、躊躇うことなく顔を殴りつけた。

「ふっ、っぐぅ、ぎゃあ…ッ、がッ、ごっ…──」

肉を打つ鈍い音。

悲鳴は上がったが、殴られるうちに違うものへと変わっていく。

こんなレスターの声は聞いたことがない。

これほど激昂したカインも見たことがなかった。

「お、おい…、カイン、待て、それ以上はやめろ…っ！」

それから程なく、誰かがカインを止めに入った。

なんとなく覚えのある声だ。

一度挨拶しただけだったが、あれはロバートだろうか。

見れば騎士団の他の人たちも続々とやってくる。

まさか皆で助けに来てくれたのだろうか。彼らは慌てた様子で馬から下りると、ロバートと一緒にカインを止めていた。

「カイン！　そこまでにしろ……ッ。こいつには聞き出さなければならないことが山ほどあるんだぞ！」

「止めるなロバート！」

「だめだっ、落ち着け！　彼女が見てるんだぞ！　それでもやるっていうのか!?」

「──ッ！」

その瞬間、カインの身体が大きく揺れた。

はっとした様子で顔を上げ、肩で息をしながらヴェルに目を移す。

よく見ると、彼の手は腰に下げた剣の鞘を摑んでいた。もしかすると、それでレスターにとどめを刺そうとしていたのかもしれなかった。

「……ッ、すま…ない……。また…、やってしまった」

「いいんだ。気持ちはわかるから……。とりあえず、ここは俺たちに任せてくれ。カインは彼女の縄を…、俺たちが触れるのは嫌だろう？」

「……すまない」

ロバートの説得に、カインは深く息をついて頷く。

その場を仲間に任せると、彼は気持ちを切り替えた様子で唇を引き結び、ヴェルのもとに戻ってきた。

カタ…ッと小さく揺れる荷台。

先ほどとは違って、遠慮がちに近づく大きな身体。

涙に濡れたヴェルの顔を見て、彼は咄嗟に手を伸ばそうとした。

「ヴェル……」

しかし、途中で拳に血がついていることに気づいたようで、慌てて自分の服で拭っている。

ところが、綺麗になってもカインはなかなかヴェルに触れようとしない。

自分の手をじっと見てからヴェルのすぐ傍に膝をつき、縄を解いたあとはその手を引っ込めてしまった。

——どうして……？

ヴェルはみるみる不安になっていく。

自分に触れるのが嫌なのではと思ったら、堪らなく哀しかった。

「……私…、汚い……？」

「え？」

「レスターに…、触られたから……」

「あ…、ち、違うんだ！　そうじゃない。これは…、人を殴った手で触れられるのは嫌だと思って……」

「それだけ……？」

「あぁ、それだけだ。君が汚いなんて、思うわけがないだろう？」

「……そ…なんだ……。よかった……」

カインの言葉にヴェルは大きく胸を撫で下ろす。

もう触りたくないのかと思ってしまった。

ヴェルは安心してカインの胸に飛び込み、頬ずりをする。

彼の手が嫌なわけがない。何をした手でもカインの一部だ。ましてや自分を守ってくれたこの手が愛しくないわけがなかった。

「ヴェル……?」

逞しい胸板。大きな身体。

戸惑い気味の声。

次第に涙が溢れて止まらなくなった。

「うぅ…、ひ…ぅう……」

「……っ」

嗚咽を漏らすとカインは息をつめ、躊躇いがちにヴェルの肩を抱く。

ほしかった温もりにさらに涙が溢れ、せがむようにしがみつくと今度は彼も強く抱き締め返してくれた。

「ヴェル……ッ」

「カイン…、カイン、カイン……ッ」

「遅くなってすまない。怖い思いをさせてしまった」

カインは何も悪くない。

謝る必要なんてどこにもない。

こうして再会できただけで充分だった。

けれど、安心した途端、彼と別れたときのことを思い出す。謝らなければならないのは自分のほうだと、ヴェルは洟をすすりながらカインを見上げた。

「……あ、でも……私…、カインの御守りを……」

「御守り？　……あぁ、これのことか？」

すると、カインは首元から灰色の紐を引っ張ってみせる。

見せてくれたのは、なくしてしまったはずのカインの御守りだった。

「ど、どうして？」

「湖のほとりで見つけたんだ」

「……そうだったの。ごめんなさい」

「謝らなくていい。そんな大層なものじゃないんだ」

「でも、カインとずっと一緒だったのに……」

「なんとなく捨てられなかっただけだ。まぁ、それでもこうして戻ってきたんだから、不思議なものだな」

「だって、これはカインの御守りだもの。カインから離れたくなかったんだわ」

「……そ…うなのか？」

「絶対そう」

「なら、そういうことにしておくか」

カインは僅かに首を傾げて小さく笑う。

不思議そうに御守りを見つめると、それをまた胸元に仕舞った。

ヴェルは、その御守りが羨ましくなって彼の首に額を擦りつける。できることなら、自分もカインとずっと一緒にいたかった。

「──カイン団長…ッ！」

そのとき、荷台の向こうから声がかかる。

顔を向けると、カインの仲間が慌てた様子で駆け寄ってきた。

「どうしたボッシュ」

「そ、それが…ッ、昨日から村の周りを偵察していた二人が……」

「あぁ…、合流したか」

「はい…っ！　あ、いえ…、合流には違いありませんが、どうも様子がおかしいんです。二人は神官が荷馬車で向かおうとしていた方角から戻ってきたのですが、『村があった』と言っていて……」

「なに？」

それを聞いた瞬間、カインの顔色が変わった。

彼は立ち上がろうとして動きを止め、ヴェルに目を向ける。

きょとんと見上げると、彼は数秒ほど強ばった顔をしていたが、すぐにヴェルを腕に抱いて立ち上がった。

「二人はどこにいる？　話を聞きたい」

「はい、こっちです」

そのままカインは荷台から飛び降りる。

ヴェルを抱いているとは思えないほど軽やかな動きで、地面に下りてもほとんど衝撃を感じないのが不思議だった。

向かったのは、合流したという仲間のところだ。

その二人は徒歩での移動だったのだろう。彼らの足下は泥だらけで疲れの滲んだ顔をしていたが、カインを目にするや否や背筋をぴんと伸ばした。

「ずいぶん疲れた様子だな。どこまで偵察に行っていたんだ？」

「お、遅くなって申し訳ありません！」

「いや、無事でよかった。ところで、何か見つけたようだが」

「じ、実は…、例の神官の屋敷の近くに道があり、気になって確認してみたところ、この先にもう一つ村があることがわかったんです」

「……それは、ここから近いのか？」

「これまでいた村からは、一時間も走れば着くといったところでしょうか。馬があれば、その三分の一もかからないかと……。我々が来たときは真逆の道から入ったため、もう一つの村の存在に気づかなかったのだと思われます」

「なるほど。で、その村がどうしたんだ？　そこまで驚くことでもないと思うが」

「は、はい……」

カインが問いかけると、二人はぎこちなく頷く。

しかし、彼らはなかなか答えようとはしない。ヴェルをちらちら見ては何かを躊躇っている様子だった。

――もう一つ村があるってどういうこと……？

一方で、ヴェルは今の話に激しく動揺していた。

そんな話は、これまで一度も聞いたことがない。

あの辺りには村は一つしかないと、幼い頃から皆に聞かされてきたのだ。

もちろん、レスターの屋敷の先に道があることはヴェルも知っている。だが、その先は獣道になっていて危険だから行ってはいけないと言われてきたので、これまで一度も確かめたことはなかった。

「どうした、答えられないことか？」

「あ、いえ……」

黙り込む二人にカインが先を促す。

彼らはまだ若干の躊躇いを見せていたが、神妙な顔で頷き合うと、ようやくその村のことを話しはじめたのだった。

「……その村には老若男女問わず、年若い者から老齢の者までが暮らしていました。彼らは俺たちに気づくと一瞬警戒する様子を見せましたが、湖の傍の村にしばらく滞在させてもらっていると話すと、『レスターさまの客人だったのか』と言って突然友好的になりました」

「村の者たちは、レスターとは知り合いなのか」

「はい、それでなるべく怪しまれないように話を合わせていたところ、レスターや老婆たちがその村の出身だということもわかったんです」

カインはその話に鋭く目を光らせる。

それを見て彼の部下は小さく頷き、先を続けた。

「その後、俺たちは村がどんなところかを確かめるために散策することにしました。しかし、そこで気になったのは、働き盛りと思われる年齢の者でも、誰一人として金を稼ぐための労働をする様子がないことです。それにもかかわらず、生活に困っているわけではなさそうで、一体彼らは何で生計を立てているのか……。この疑問は湖の傍の村でも感じたことだったので、何げなく村の人たちに聞いてみたのですが、特に年配の者たちは警戒心が強く、余所者である我々にはなかなか心を開いてくれませんでした。下手にしつこくすれば怪しまれてしまうため、一度団長たちに報告しに戻ろうかと考えていたとき、一人の青年がこいつ…、ミリアムに近づいてきたんです」

　そう言うと、彼は隣に目を向ける。

　隣にいるのが、そのミリアムなのだろう。促される形となり、その彼――ミリアムは大きく頷いてカインに向き直った。

「その青年は、俺がしていた首飾りが気になったようでした」

「首飾り？」

「あ、でも別に高価なものじゃないんです。カイン団長がしているのを見て、ちょっと憧れがあったと言うか……。えと…、それで、その青年は俺の首飾りを指差して『それ、王都で見た』と嬉しそうに話しかけてきたんです。驚いていると、彼は何度かレスターの供として王都に行ったことがあるらしく、この首飾りを見たのだと……。村では王都の品がかなりの自慢になるようで、青年は終始俺の首飾りを物欲しげに見ていました。そこで俺は、この首飾りをやるから村のことを教えてほしいと彼に取引を持ちかけてみたんです」

「それで…？」

「目を輝かせて話に飛びついてきました。ただ、話してくれたのは『水神の花嫁』に関することだけですが……」

　言いながら、ミリアムは窺うようにヴェルに視線を向ける。

　しかし、ヴェルの頭はすでに飽和状態で、今の話をどう呑み込めばいいのかすらわからずにいた。それでも『水神の花嫁』と聞けば気にならないわけがなく、息を震わせて彼の話に耳を傾けた。

「その村でも『水神』は人々の信仰の対象であることに変わりはなく、あちこちに掘られた井戸の水が涸れずにいるのは、すべて水神の加護によるものだと信じられていました。青年曰く、水神の花嫁は三十年に一度、村で一番の美女から生まれた娘が選ばれる決まりがあるそうです。ならば、水神の花嫁はここで生まれたことになる。そう思って、ヴェルさんの両親はどこにいるのか聞いてみたんです」

「……それで？」

「それが……、両親の話になった途端、青年は口ごもってしまい……、『いない』と一言……」

「いない？」

「変、ですよね……。『亡くなった』ならまだわかりますが『いない』なんて。けれど、いつから『いない』のかと聞いても、『ずっと』としか答えないんです。他にも王都で買った品を持っていたのでちらつかせてみたのですが、青年は物欲しそうにしながらもこれ以上は言えないと逃げるように去ってしまって……。結局、それ以上の情報を得ることはできませんでした……」

「……」

目の前の二人は顔を見合わせ、どちらからともなくカインに頭を下げた。

だが、その表情は腑に落ちないといった様子で、彼らが強い疑問を抱いているのが伝わってくるようだった。

「カイン、これからどうする？」

「ロバート」

背後から声がかかり、振り向くとロバートがいた。

ヴェルはカインの首にしがみついて辺りを見回す。

見たところ、レスターの姿はどこにもない。道の向こうに数頭の馬と荷馬車が一台あるからそこにいるのかもしれない。

あれこれ考えを巡らせていると、カインがぽつりと答えた。

「……その村に行こう」

「これからか？」

「レスターは盗賊と関わりを持っていた。そして、その盗賊は『もう一つの村』に普段から行っていたというんだ。無関係とは思えない」

「なら…、捕らえた連中に話を聞いてみるか」

「相手が善人ならそれでもいいがな。もし俺が盗賊なら、こんな好機は見逃さない。なんらかの条件と引き替えにするだろう。やつらに餌《えさ》を与えるくらいなら、自分たちの目で確認したほうがいい。この先に村があるというんだからな」

「確かに……」

「では、おまえたち、疲れているとは思うがこのまま村に案内してくれ。今からその村に向かうことにする」

「りょ、了解しました…ッ！」

カインは冷静な口調で指示を出す。

その眼差しには何一つ迷いがない。だからこそ皆が彼を頼るのだろう。彼らは一斉に動き出し、待機させていた馬のほうへと戻っていった。

――レスターが盗賊と？　どういうことなの……？

ヴェルはこの状況をほとんど理解できずにいた。

自分にも関わる話だというのはなんとなくわかっても、次々と知らない話が飛び出すから混乱してしまうのだ。

どうしてカインたちのほうが詳しいのだろう。

カインには何が見えているのだろう。

「ヴェル、大丈夫だ。俺が傍にいる」

「……カイン」

なんだか、一人だけ取り残されてしまったようだ。

ヴェルはしがみつく手に力を込める。

カインに摑まっていないとこのまま独りぼっちになってしまいそうで、怖くて仕方なかった。

❀　❀　❀

山間のちっぽけな村。

十軒ほどの小さな集落。

ヴェルは、物心ついた頃にはそこにいた。

そこでの生活に疑問を抱いたことは、ただの一度もなかった。

村が何で生計を立てているのかなんて考えたこともない。

周りが老婆ばかりでも、両親がいなくても不思議に思ったことはない。

他を知らないのだから、疑問を抱くわけもない。水神の花嫁として身を捧げられることは大変な栄誉だと言われ続け、ヴェルはただ自分が選ばれたことを誇らしく思っていただけだった。

なのに、カインと出会ってから何かが変わってしまった。

当たり前に思っていたことが、そうではなくなっていく。

信じていたものが、どんどん壊れていく。

レスターの屋敷から続く道の先は、馬車が通れるほどの広さがあった。

獣道になって人が入れないなんて真っ赤な嘘だった。

どうしてそんな嘘をついたのだろう。

この先に村があると、どうして教えてくれなかったのだろう。

この辺りに他に村はないという皆の言葉はなんだったのか……。

山道はぬかるんでいたが、カインたちはそれをものともせずに進んでいく。

規則正しい蹄の音。鞭など使わずとも馬は従順に走っていた。

それから程なくして開けた場所に出たが、そこが『もう一つの村』であることは、改めて言われるまでもなかった。


「――ここが、噂の村か」

山道を抜けると、カインは馬を停めて低く呟く。

後続の馬もそれに倣《なら》って動きを止め、皆も辺りを見回している。

ヴェルはカインの馬に同乗して彼に後ろから抱きかかえられていたが、はじめて目にするその光景に思わず感嘆の声を上げた。

「わぁ…」

あちらこちらに建ち並ぶ大きな家。

村の中央に見える花畑。

手を繋いで歩く若い男女、すれ違いざまに挨拶を交わす老人。

元気いっぱいに駆け回る子供たちに、その光景を見守る複数の女性。

今はほとんど雨が降っていない。そのせいか人々の表情も明るく、思い思いに過ごしているのが見て取れた。

「人がいっぱい……」

大人から子供までたくさんの人々。

ヴェルは、こんなに多くの人たちを見たのははじめてだった。

——私のいた村と全然違う。

ここには、自分がいた村にはない明るさがある。人々の笑顔は幸せに満ち、何もかもがキラキラと輝いて見えた。

「私、近くに村があるなんて知らなかった……」

「……ヴェル」

「ねぇカイン…、どうして皆は黙ってたのかな。さっきカインの仲間の男の人が言ってた話、あれが本当だったら変だよね。レスターもおばあちゃんたちも、この村から来たなら教えてくれればよかったのに……」

「それは……」

「あ、でも、私もここから来たんだよね……。皆がそうなら私も同じはずだもの。私、どの家で生まれたのかな。この中に、私を知ってる人もいるのかな。生まれたときの私を知っている人がどこかに……。あ、それがカインの言ってた『両親』っていうものなのね？」

「……あぁ……」

「あれ…？　だけど『いない』ってさっき……」

次々と浮かぶ疑問。

ひとりでに膨らんでいく想像。

それは考えるだけでワクワクするものだったが、すぐに次の疑問が立ちはだかる。

先ほど、カインの仲間はヴェルの両親はここにはいないと言っていた。村の青年に尋ねたとき、そう答えたと話していたのだ。

「ミリアム、おまえに話しかけてきた青年はどの辺りで見かけたんだ？」

不意に、カインが斜め後ろを振り向く。話しかけたのは、先ほど皆と合流したミリアムという若い騎士だ。彼もまた馬に乗っていたが、ヴェルたちの乗る馬からは一馬身ほど離れたところにいた。

「えぇと…、確か花畑の近くで……」

「顔は覚えているか？」

「はい、覚えています」

「なら、花畑に行ってみよう。直接話を聞きたい」

「ではこのまま先導します」

カインに言われ、ミリアムは心得た様子で頷き、また馬を走らせる。

すでに一度ここに来ていたからか、皆を先導する背中は余裕があって頼もしい。

しかし、大柄の男たちが馬に乗って移動する姿はかなり目立つ。それに続く荷馬車の荷台にはレスターと盗賊たちがそれぞれ拘束されていたが、旅の一団を装うには少々物々しすぎたのだろう。人々はカインたちに気づくや否や、驚いた様子で固まっていた。

そんな人々を、ヴェルは目に焼き付けるように見ていた。

彼らは自分のことをどう思っているのだろう。

自分が水神の花嫁として選ばれた娘だと知ったなら、どんな反応をするだろう。

考えただけでドキドキして、気持ちを落ち着けるために後ろから回されたカインの手をぎゅっと摑んだ。

「あっ、いた…！　カイン団長！　いました、彼です…ッ！」

「どこだ!?」

「あそこです！　赤い屋根の家…ッ、門から顔を覗かせています！　あの緑色の服の青年がそうです！」

「……あれか」

花畑まであと少しというところで、ミリアムが声を上げた。

彼の指差す先には赤い屋根があり、門の傍でこちらを窺っている青年がいた。

突然やってきた集団に青年のほうも驚いているようだ。

すれ違う人々と同じように怪訝な顔をしていたが、カインたちが方向を変えるときょろきょろと辺りを見回している。こういうときは、『自分ではない』という心理が働くものなのだろうか。

だが、辺りに人はいない。

青年は家の門の前にカインの馬が停まったところで、ようやく自分に用があると気づいたようだった。

「少しいいだろうか」

「な、なんだっ!?　ぎっ、銀…髪……？　——って、あんたはさっきの！」

突然現れた集団に、青年はかなり動転していた。

けれど、カインを指差そうとして、ふとミリアムに気づいて動きを止める。見知った顔があったことで一瞬気が緩んだのだろうが、すぐに顔を強ばらせて後ずさった。

それに気づいたミリアムは、すかさず馬を下りて笑顔で青年に話しかけた。

「さっきはどうも。驚かせてごめんな」

「な、なんだよ…、こんな大勢で一体なんの用だ？」

「あぁ…、その…、さっきの話を詳しく教えてほしくてさ」

「……さっきの話？」

「水神の花嫁の話だよ。仲間にも話したんだ。ほら、俺たち向こうの村で世話になってるって言ったろ？　その花嫁にもいろいろ世話になってね。彼女の両親はここにいないとは言うけど、居場所くらいは知ってるんじゃないかって話になってさ。俺たち、そろそろ村を出なきゃいけないから、その前に聞いておきたかったんだよ」

「え…、そ、それはでも……っ」

「水神の花嫁って特別な存在なんだろ？　だったらその両親だって特別に決まってる。『いない』だけじゃ捜しようがないからさ。せめて礼だけでも言いたいんだ。あ、もちろんタダでとは言わない。このベルト、さっきも興味持ってたろ？　最近、王都で買ったやつなんだ」

「……あ」

そう言うと、ミリアムは人懐こい笑みを浮かべて腰のベルトを指差した。

すると、青年は途端に目の色を変え、食い入るようにベルトを見つめた。

よほど興味があるのか、明らかに気持ちがぐらついているのがわかり、ヴェルは呆気に取られながらも感心してしまう。これは情報を引き出すための演技なのだろうか。僅かな時間でこれほど上手に嘘をつけることに驚きを隠せなかった。

見たところ、村の青年は純朴そのものだ。

嘘がつけない性格のようで、その表情から感情がすべて読み取れてしまう。

欲望にも忠実なのだろう。青年はごくっと喉を鳴らし、きょろきょろと辺りを見回していた。

「ヴェル、おいで。俺たちも下りよう」

その隙にカインは素早く馬から下り、ヴェルに手を伸ばす。

少し怖かったが彼に摑まれば大丈夫だと思って手を伸ばすと、カインは軽々と抱き留めてくれた。

そこでふと青年と目が合い、ヴェルはじっとその顔を見つめる。青年の頰は見る間に赤くなったが、ヴェルの肩を抱くカインとも目が合うと、途端に固まってしまった。

「どうした？　なんかあったか？」

目まぐるしく顔色が変わる青年に、ミリアムが問いかける。

「あ…、い、いや…、なんでも……」

「では、教えてくれるか？」

「……うー……ん。そうだな……、ここだけの秘密にしてくれるなら……」

「え？」

「大人たちに知られると、たぶん怒られちゃうんだ」

「あぁ、そういうことなら秘密は守るよ」

「……ん、ならいいか」

青年は僅かに息をつくと、また辺りを見回す。

彼はやはり何かを知っているようだ。

ヴェルは段々と緊張してきて、カインの服をきゅっと掴む。

青年は近くに村の人間がいないのを確認すると、思い切った様子で口を開いた。

「本当はさ、皆、水神さまに花嫁なんて差し出したくないんだ。だけど、それじゃ水神さまを怒らせてしまうだろう？　ここの水がすごく高く売れるから村が潤っているわけで……」

「え、水…？」

「知らないのか？　美しくなるとか、長生きできるとか噂が広まって、王都でも貴族たちがたくさん買っていくんだ」

「そう…なのか？」

「最近じゃ、あそこの花も売ってるんだ。水がいいとかで、レスターさまの知り合いの商人が来て種をくれたんだよ。それで、何年か前から栽培するようになった。その商人は、月に一度は花を買い付けにくるんだ」

「……ッ」

その言葉に、皆、驚いた様子で一斉に花畑に目を向けた。

ヴェルも同じように花畑を見るが、どうして皆がそんなに驚いているのかわからない。

どうやらそれは青年も同じようで、不思議そうに首を傾げていたが、カインが目を戻すとぎこちない様子で話を続けた。

「えっと…、そ、そういうわけで、三十年に一度、花嫁を差し出すっていうしきたりは今も続いてるんだ。だけど、やっぱり村の誰かを犠牲にするなんて辛すぎる。しかも、村で一番の美女の娘なんてもったいないっていうか……。なんにしても、死ぬとわかっているのに自分の娘を進んで差し出す親なんてそうはいない」

「……まぁ、そうだな」

「うん。だからさ、いつの頃からか適当な娘を捜してきて、水神の花嫁として差し出すようになったらしいんだ」

「え…？」

青年は、まるで他人事といった口ぶりで平然と話していた。

それには、かろうじてここまで話を合わせていたミリアムも固まっている。カインも口を真一文字にして酷く強ばった顔をしていた。

ヴェルは、自分がどんな顔をしているのか、よくわからなかった。

はじめのほうは頷いて聞いていたが、途中から理解するのを頭が拒むようになり、最後のほうはただぼんやりと青年の口元を見ていた。

「あ、雨……」

そのとき、ぽつりと頬に冷たいものが当たった。

見上げると、空は黒い雲で覆われ、再び雨が降りはじめていた。

――冷たい雨……。

頭に浮かぶのは、村で過ごしたたわいのない日々。

次第に込み上げる虚しさに、ヴェルは肩で息をしはじめる。

それに気づいたカインが手を握ってくれたが温かくはならない。

身体どころか、心まで冷えていく。この黒い雲のように、自分の心まで黒く染まっていくようだ。

哀しい、哀しい、哀しい……。

自分は特別なわけではなかった。

ただ利用されていただけだった。

「だったら、私はどこの誰なの……？」

「え…？」

ヴェルはか細く問いかけ、瞬きを繰り返す。

どうしてずっと疑問を抱かずにいられたのだろう。

これのどこが栄誉だというのだろう。

騙されているのも知らずに、何を喜んでいたのか。

自分は、村の犠牲になるために特別扱いされていただけだ。何も教えなかったのは、そのほうが都合がよかったからだ。

「……ま、まさか君は……」

青年をじっと見つめていると、その顔はみるみる蒼白になっていく。

けれど、それ以上は言葉にならない様子だ。

本来なら、ただの一度も会うことのない相手なのだから、当然の反応なのかもしれなかった。

「私はどこの誰なの？　どこから来たの？」

「……ッ」

「……どうして答えてくれないの？　私は、あなたたちの、村の人たちの身代わりなんでしょう……？」

自分はなんなのだろう。

あまりに滑稽で、全身の震えが止まらない。

無知でいることが、これほど愚かだとは思わなかった。

青年は何も答えられず、真っ青になって俯いている。年若い彼にぶつけても仕方のないこととわかっていても止められなかった。

「――一体なんの騒ぎだ？　あんたたち、ここで何をしてるんだ？」

そのとき、後ろから突然声をかけられ、皆が一斉に振り向く。

雨音に混じってざわめきが耳に届き、ヴェルも声のほうに目を向ける。この騒ぎを聞きつけてか、いつの間にか門の外には人が集まっていた。

「俺たちは……――」

話しかけてきた男に一番近かったのはロバートだ。

彼はカインに目を向けながら口を開く。この場をどう切り抜けるべきか迷っている表情だった。

――ガタン……ッ！

その直後、すぐ近くで大きな音が響いた。

続けてガタガタと激しい物音がして、周囲のざわめきが大きくなる。

何事かと思って辺りを見回していたそのとき、拘束されていたはずのレスターがいきなり荷馬車から飛び出してきた。

「レスターさま……ッ!?」

「はあっ、はあ……っ、よくもこの私を……ッ」

充血した眼差し。

殴られた頬は腫れ上がり、唇の端からは血が滲んでいた。

人々の意識はヴェルたちから逸れて、突然現れたレスターへと向けられる。

一方で、騎士団の間には緊張が走り、苦々しい表情でロバートが声を上げた。

「おいおい、なんだって拘束が外れてるんだ」

「すっ、すみません！　自分のせいかも……、しれません……ッ！」

「はぁ？　どういうことだ？」

「あれほど殴られてはしばらく起き上がれないだろうと油断して……ッ、縄が緩かったんだと思います……っ！」

「……ッ、くそっ、あいつを早く捕まえるぞ……ッ！」

「は、はい……ッ！」

自ら失態を認めたのは、カインがボッシュと呼んでいた男だった。

どうやら彼がレスターを拘束したようだ。誤魔化さずに謝罪した姿勢を責めることはできなかったのだろう、ロバートは周りに指示を出すと、自らもレスターを追いかけようとしていた。

だが、

「——あの銀髪の男を殺せ……ッ！」

そのとき、レスターの怒声が辺りに響き渡った。

見れば、彼はすでに荷台から下りていて、村の人々を盾にするかのように人垣の真ん中でカインを指差していた。

「あの男は悪の化身だ！　水神の花嫁を奪うために私を殺そうとしたのだ！」

「え…、水神の……？」

「そうだ。あそこにいる娘…、彼女こそ我々の希望、水神の花嫁だ！　それを、あの男が奪おうとしているのだ！　見よ、あの髪、あの瞳……ッ！　あれが悪の化身でなければなんだというのか!?　あれは水神の花嫁を攫い、我々の希望を奪おうとする災いそのものだ……ッ！」

レスターは目を血走らせ、怒声を上げ続ける。

しかし、いきなりのことに人々は困惑しているようだ。

皆、カインのほうを見てどうしていいかわからないといった顔をしていたが、レスターは意に介すことなく傍にいた男の背を押した。

「その腑抜けた姿はなんだ!?　おまえたちは水神を怒らせた村がどうなるのか忘れてしまったというのか!?　それとも、おまえたちに水神の花嫁の代わりができるとでもいうのか!? 戦わず、すべてを捨てる覚悟があるというなら、私もこれ以上は何も言わない。だが、その先に待っているものは紛れもない地獄だ! 今の生活は永遠に失われるだろう! おまえたちは、それでもいいというのか!?」

「……ッ!」

レスターは、どこまで卑怯なのだろう。

どうしてカインを悪者にするのだ。

水神を利用してまで自分の悪事を誤魔化そうとするのか。

「……レスター、あなたって人は……っ」

ヴェルは唇を嚙みしめ、怒りで声を震わせた。

けれど、戦ったこともなさそうな彼らに何ができるというのだろう。

殺せと言われたところで、そう簡単に人を殺せるわけがない。

彼らにとってヴェルは『適当な娘』なのだ。その娘を取り戻すために、彼らにそんな恐ろしいことができるとは思えなかった。

「銀髪…、あの男か……」

ところが、ヴェルの考えとは裏腹に、彼らはぞろぞろと近づいてくる。

血走った目でカインを見つめているのだ。

一体何がそうさせるのか、ヴェルにはまったく理解できなかった。

「……あなたたち、どうして……──」

「う、うあああぁー…ッ！」

と、ヴェルが口を開いた瞬間、背後から絶叫が響く。

見れば、先ほどの青年がカインに飛びかかろうとしていた。

「カイン、後ろ……ッ！」

「──ッ!?」

すかさずロバートが叫び、カインは素早い動きで身を躱す。

すんでのところで躱された青年のほうは、勢いを止められずにそのまま前のめりに倒れ込んでしまう。それでも彼はすぐに立ち上がり、震えながらカインに飛びかかろうとしていた。

──どうしてなの……？

彼は、自分が何をしているのかわかっているのだろうか。

なぜそこまでレスターの言いなりになるのだろう。

ヴェルには彼らのほうが遙かに恐ろしい。

このままではカインが本当に殺されてしまう。黙って見ているわけにはいかない。絶対にカインを傷つけさせはしないと、ヴェルは咄嗟に前に飛び出そうとした。

「ヴェル、だめだ！」

「あ…っ!?」

だが、踏み出そうとした足は、途端に宙に浮いてしまう。

カインがいきなりヴェルを抱えて走り出したのだ。

あまりに素早い動きで誰一人として反応できる者はいない。気づいたときには、ヴェルは馬に跨がり、後ろからカインに抱きかかえられていた。

「……ヴェル、危ないことはしないでくれ」

「カ…、カイン……、だって……っ」

「俺のことはいいんだっ！　多少のことじゃ死にやしない！　それより、もし君に何かあったら俺は……──」

「おまえたち、何をしているっ!?　あの男を馬から引きずり下ろせ！」

「……ッ!?」

しかし、二人の会話を遮るようにレスターの怒声が響いた。

その声で人々は我に返った様子でまた動き出す。ヴェルは真っ青になってカインの手を強く摑んだ。

カインはその手を握り返すと、ふと空を見上げる。

空は先ほどより雲が厚くなり、雨はさらに激しさを増していた。

ややあって彼は大きく息を吸い込み、空を見上げながら声を上げた。

「皆は、このまま『南』に向かえ……ッ！」

「み…、南…っ!?」

「そうだ南だ！　迷わず進め！」

「……って、カイン、そっちは南じゃ……っ」

「健闘を祈る！　あとで必ず落ち合おう！」

「おい、カイン……ッ！」

カインはそれだけ告げると、猛然と馬を走らせた。

ロバートが必死に叫んでいたが、振り向く余裕などないのだろう。

人々はカインを馬から引きずり下ろそうと、手を伸ばして追いかけてくる。その光景はもはや恐怖でしかなかった。

「ヴェル…ッ、あと少しだけ我慢してくれ！　こんなことは、もう終わらせなければならない……っ！」

「カイン？」

しかし、カインは少しも恐れてはいない様子だ。

驚いて首を傾けると、カインは腰の剣を抜いて切っ先を振り上げた。

その瞳は前方だけを見据えていて、人々を威嚇しているといった雰囲気ではない。怯えるばかりの自分とは違い、そのときの彼は何か目的があって馬を走らせているようでもあった。

つられるようにヴェルも前を見ると、花畑が目に入る。

道は左右に分かれているが、どちらに行くのだろう。

彼が『南』と言っていたことを思い出し、左のほうの道に目を向けるが雨で視界が悪い。

ゴロゴロと不穏な轟きも聞こえはじめ、まだ昼を過ぎた頃のはずなのに、いつの間にか辺りは夜のように暗くなっていた。

「躊躇うことなく殺せっ！　あれは人ではない！　邪魔立てする者も同罪だ……っ！」

雨音に混じって、レスターの叫び声が聞こえた。

どうしたらあんな言葉を吐けるのだろう。自分は何もせず、ああやって人々を扇動して何になったつもりでいるのか。

ヴェルは血が滲むほど唇を噛みしめる。

目の前が霞むのは雨のせいか、それとも涙のせいか……。

こんなにも激しい怒りを覚えるのははじめてだった。

だが、その直後、

「きゃあああー…っ!?」

「ひぃ、うわぁぁあ……ッ！」

空が激しく轟き、空気が振動し、人々から悲鳴が上がった。

黒い雲の隙間から稲光が走ったと思った瞬間、それが閃光となって建物に落ちたのだ。

「……な、なに？」

ヴェルはそのまばゆい光に思わず目を瞑る。

しかし、再び目を開けたとき、この世のものとは思えない光景が飛び込んできた。

風で揺らぐ大木。立派な家々。井戸、広場、通り過ぎたばかりの道。

雷光はありとあらゆるもの目がけて襲いかかり、逃げ惑う人々さえも標的にしようとしていたのだ。

その中にはレスターの姿もあった。

彼も必死な様子で逃げていたが、そこに神官として人々の模範となるべき姿はなかった。

レスターは逃げ惑う人々を押しのけ、邪魔な者には罵声を浴びせながら、我先に近くの家へと逃げ込もうとしていた。

神官が、聞いて呆れる。

自分は、あんな男に騙されていたのか……。

知れば知るほど虚しさが込み上げるばかりだった。

「……あれは…、どういうことだ？」

不意に、カインが驚いた様子で馬を停めた。

彼もレスターのいる方向を見ていたが、その視線は別の何かも追いかけているようだった。

「え?」

ヴェルは改めて目を凝らし、すぐにその意味を理解する。

人々を襲う稲妻。

そのいくつもの白い閃光は、どういうわけかレスターの行く先々に集中しているのだ。

彼が家に逃げ込もうとすればそこに落雷し、慌てて引き返せばすぐ傍の大木に光が落ちる。それでもなんとか別の家に逃げ込もうと走り出すが、今度は彼の真後ろをいたぶるように閃光が追いかけていく。

——まさか、レスターを狙ってるの……?

驚くべき光景にヴェルは息をするのも忘れていた。

まるで何かの意志が働いているようで目が離せない。

いつしかレスターの周りには誰もいなくなり、彼は一人で逃げ回りながら近くの大木の下に身を隠そうとしていた。

「…——ッ」

その瞬間、断末魔のような地響きと共に大気が震動する。

雲の隙間から矢のような光がレスター目がけて襲いかかり、それがいくつも降り注いだのだ。

悲鳴すら聞こえない一瞬の出来事。

平穏だった村は、もはや見る影もない。

この世のものとも思えない凄惨な光景に、人々はその場でただ立ち尽くしていた。

「――カイン……ッ！」

と、そのときだった。

轟きに混じってロバートの声が聞こえ、振り向くと数頭の馬と荷馬車が近づいてくるのが目に入る。カインの仲間が、逃げ惑う人々をかいくぐって追いかけてきたのだ。

「おまえたち、どうして」

「どうしても何もあるか！　仲間を残して行けるわけないだろうが！」

「ロバート……」

「とにかく、話は後回しだ！　カイン、おまえが指示を出せ！　俺たちはそのとおりに動く！」

「……っ」

カインは息を震わせ、ヴェルの手を強く握った。

ヴェルも彼の手を握って小さく頷く。

すると、カインは歯を食いしばり、反対の手に持った剣を大きく振り下ろした。

ザン…ッと何かを切り裂くような音が響き、何かが宙を舞う。カインが咄嗟に摑み取ったそれは、どうやら花畑に植えられた植物のようだった。

「このまま走れ！　絶対に止まるな……っ！」

「はい…ッ！」

カインは叫び、皆を先導していく。

雷鳴はまだ続いている。

いつそれが自分たちに向けられるかわからない。

その中を一直線に駆け抜けていく。人も馬も、この場にいる誰もが生きるために必死だった。

どこをどう走ったかなんて覚えていない。

気づいたときには、自分たちは村を出ていた。

雨足も弱まり、追い風に背中を押されながら進んでいた。

ふと見上げると、太陽の光が目に飛び込んだ。

なぜかここだけ雨が止み、自分たちだけに陽が差している。

逃げ道を作ってくれているような不思議な光景の中を、馬はひた走っていた。

「ヴェル…、俺とこのまま一緒に来てくれ……」

「え…？」

「俺には君が必要だ。嫌だと言っても連れて行く！」

「――ッ！」
カインの掠れた叫び。
後ろからきつく抱き締められ、さまざまな感情が込み上げる。
頭の中はぐちゃぐちゃだった。
それでも、答えは一つしかなかった。
自分には何もない。
帰る場所など、ありはしない。
「……う…、うぅ…ッ……」
ヴェルはぼろぼろと涙を零し、その腕にしがみつく。
言葉にならない代わりに何度も頷いた。
やがてカインは小さく息をつき、抱き締める腕に力を込める。
はじめて見る広い世界に涙が止まらない。
抱き締めるカインの腕だけが、今の自分のすべてだった――。

第八章

――一か月後。

穏やかな日の光。爽やかに吹き抜ける風。

日向ぼっこができるほど外は暖かい。

秋が終わりを告げ、そろそろ冬支度をはじめる時期だったが、王都では例年になく晴れた日が続いていた。

「――今日もいい天気だな」

心なしか、人々の笑顔も明るい。

カインはそんな人々を横目に、仕事に忙殺される日々を送っていた。

王都の治安を守る騎士団にも休暇はあるが、長い間人々を苦しめてきた盗賊団を捕らえた今はそうも言っていられない。

カインは、あの辺境の村から戻ったその日に国王への報告を済ませ、それからは毎日のように牢獄へと足を運んでいる。もちろんそれは、盗賊たちの尋問に立ち会うためだった。

「お疲れ様です！」

薄暗い建物から出ると、警備の兵に声をかけられる。

太陽の眩しさにカインが目を細めて頷くと、兵士は顔を引き締め、通り過ぎたあともしばらく敬礼していた。

——さすがに、そろそろ休んだほうがいいかもしれない……。

緊張した兵士の姿にカインは思わず苦笑した。

王都に帰還してからというもの、休むことなく駆け回ってきたからか、最近は意図せず周りを緊張させてしまうことがある。体力に自信はあったが、寝不足が重なっていることもあって、必要以上に目つきが鋭くなっているようだった。

「さて、帰るか……」

ただでさえ、目立つ容姿だ。

いつも笑顔ではいられないが、せめて怯えさせないようにしたい。

カインは密かに反省しながら、門の傍に立つ樫の木へと向かう。

今日は久しぶりに日が高いうちに帰れそうだ。

空を見上げると、カインは待たせていた自分の黒馬に跨がり、来た道を戻っていった。

「――よう、カイン団長、もう帰るのか？　今日は早いな！」

だが、それから十分ほど馬を走らせたところで、不意に声がかかった。

振り向くと、ロバートがにこやかに手を振っている。

彼も自分の馬に乗っていることから、どこかに行く途中だったのだろう。カインが馬を停めると、ロバートは笑顔で近づいてくる。

「ロバート、おまえのほうはまだ任務中か？」

「いや、俺も帰るところだ。このところ、忙しかったからな。いい加減、嫁さんに愛想尽かされるんじゃないかと思って冷や冷やしてるんだ」

「そういえば、まだ結婚して半年くらいだったな」

「そうなんだよ。なのに、一か月以上も家を空けちまって、ようやく王都に戻ってても毎日忙しかったからなぁ……。カインも気をつけろよ。あんな綺麗な子を放っておいたら、すぐに他のやつにとられちまうぞ」

「……そうだな」

カインが苦笑すると、ロバートは肩を竦めて破顔した。

「まぁ、それは冗談として、そろそろ纏めて休暇を取ってもいいんじゃないか？　最近は盗賊団が街を荒らすこともなくなって平和なもんだ」

「何せ、頭が投獄されてしまったからな」

「ははっ、王都に戻るまで、誰一人あれが頭だなんて思ってなかったけどな！　あいつ、貫禄があるのは体形だけで中身は小者《こもの》以下だ。投獄されたあとも刑を軽くしてもらおうとしてペラペラと口が滑るさまは、呆れを通り越して感心するほどだ」

「あぁ、お陰で一部の貴族を巻き込んでの大騒ぎにまでなってしまったがな」

「まったく、とんでもない爆弾を抱えていたもんだ。貴族たちだって、ばれたら大事《おおごと》になるのによくやるよ」

ロバートは盛大に息をつき、何度も頷いている。

ばれなければいいという問題でもないが、そんなふうに茶化したくなる気持ちもわからないではなかった。

――王都に戻ってから、連中には振り回されっぱなしだからな……。

今日までの出来事を思い返すだけで、心底げんなりする。

自分たちがこうして多忙な日々を送らねばならなくなったのも、カインたちが捕まえた中の一人が盗賊団の頭だと判明したことも大きかった。

あの辺境の村から王都に戻るまでに要した五日の間、連中と話すことはあったが、彼らは自分がどんな地位なのかは頑なに言おうとしなかった。

おそらく、旅の途中で話さなかったのは、頭を守ろうとしていたからだろう。

しかし、王都に戻ってはじめて尋問に立ち会った日、あの恰幅のいい男が王都を荒らす盗賊の頭だとあっさり自白したことで事態は急変し、あらゆる秘密が明るみに出たのだ。

その秘密の一つが、レスターとの関係だった。

連中がレスターと知り合ったのは、彼が五歳のときだったらしい。

その頃は先代の神官であるレスターの父が存命中で、幼い彼を連れて水神の布教のためにと月の半分を村の外で過ごしていたらしいが、すでに盗賊たちを従え、村の水を高値で金持ちに売りさばいて荒稼ぎしていたようだった。

そのことから、盗賊たちとの関係はさらに前から続いていたことが窺える。

また、レスターの父はかなりの女好きで、各地で女を買っては豪遊し、愛人の数は両手では足りないほどだったらしい。当然、それを見て育ったレスターが影響を受けないわけもなく、彼が十五歳になって父が亡くなったときには、すでに娼婦を侍らせるまでになっていたそうだ。

けれど、神官として後を継いだレスターは父よりもしたたかだった。

これまで水を売りさばくのは盗賊たちに手伝わせていたが、それを村の若者にもさせはじめたのだ。

そうすることで、自分たちがどれほど水神の恩恵に与《あずか》っているかが体感できる。そのうえ、権力者がレスターに縋る様子を見せることで、自分がいかに大きな存在かを知らしめることができるため、皆の信望を集めるのには打って付けだったのだ。

あとは、村の者たちにそこそこ裕福な生活さえ与えてやればいい。

父のときよりも、ほんの少しおこぼれを多くしてやっただけで、すぐに皆がレスターの言いなりになった。

そんな彼がさらに私腹を肥やそうと考え、盗賊に持ちかけた話が村の中央に花畑を作る計画だったのだ。

あそこに植えていた花の葉には幻覚作用を引き起こし、男女が交わる際に使うと大変な快楽を得られる成分が含まれているのだという。それを王都の一部の貴族が知るや否やこぞってほしがったために、レスターは『水神の力が込められた妙薬』として高額で売りつけ、盗賊たちは攫ってきた娘たちを薬漬けにして権力者に売っていた。

だが、その『妙薬』の幻覚作用には中毒性もあり、使いすぎれば暴れ出すようになる。貴族の中にもそういった症状が現れた者がいたらしく、一部では密かな問題になっていたようだった。

しかし、それらの話はカインたちの耳には一切入ってこなかった。

カインたちは騎士とはいえ、ほとんどが成り上がりだ。

現在は功績が認められて階級を与えられてはいるが、はじめから貴族だった者との隔たりは大きい。そのため、こうした貴族の間での出来事を知る機会はなく、盗賊の頭から聞いたのがはじめてだったのだ。

そして、それが国王の耳にも入ることとなり、カインが村から持ち帰った植物が決定的な証拠となって、一部の貴族が処罰されるまでになった。

国王は潔癖な人で、何よりも権力の腐敗を嫌っている。

だからこそ、カインのような成り上がりも重用した。

誘拐された娘とわかっていながら、快楽のために尊厳を踏み躙《にじ》る行為を、領民を守る立場にある貴族がするなどもってのほかだ。思わぬところから明るみに出た秘密は、国王の逆鱗に触れて断罪されることとなった。

「しかし、あの辺鄙な村が一部ではそんなに有名だったとはな……。特に貴族の間でっていうのが驚きだった」

ロバートは無精髭を弄りながら、不思議そうに首を捻る。

それを横目に、カインはため息交じりに答えた。

「結局のところ、水神という存在がいいように使われたんだ。美しくなれるとか、長生きできるとか、何かに縋りたい気持ちを利用されたんだろう。そもそも、あの村の者たちの様子からして、そこまでの信仰心があったようには思えない。自分たちの命を差し出すのが嫌だから、村の人間以外を身代わりにしようなど、いくらなんでも都合がよすぎる」

「確かになぁ……。レスターなんて神官のくせに、その神に唾を吐くような行為ばかりしていたしな。神聖なはずの水を売りさばき、水神の花嫁を自分のものにするつもりでいたとか、信仰心など欠片もないと言っているようなものだ。……最期の瞬間、本人は何を思っていたんだろうな。あの雷の動きだけは、ただ事ではない何かを感じさせられた」

「……そう…だな」

それにはカインも同意せざるを得なかった。

自分の目から見ても、あのときの雷はレスターを追いかけているようにしか見えなかったからだ。

レスターはあの落雷で命を失い、村もかなりの被害を受けた。

今では湖の水は黒く濁ってかつての美しさを失い、飲めるものではなくなってしまったとの報告を受けている。富がもたらされることがなくなれば、あの村人たちも散り散りになるしかなくなるだろう。村人を拒絶するかのような出来事が次々と起こり、神などいるわけがないと思っていたカインでさえも、あの場所には本当に何かが宿っていたのではないかと思ってしまうほどだった。

「ところで、あのことは、彼女に話したのか……？」

「……いや」

ややあって、ロバートが窺うようにカインを見る。

その曖昧な聞き方にカインが顔を強ばらせると、ロバートは「そうだよな……」と呟き、なんとも言えない顔をしていた。

「じゃあ、そろそろ帰るかな」

「そうだな」

「そんな怖い顔、彼女には見せるなよ？」

「……あぁ、わかってる」

ロバートはニッと笑顔を作り、カインの肩をぽんと叩く。

彼とはそこで別れたが、励ましてくれていることは伝わっていた。

他の皆も、陰ながら見守ってくれていることは知っている。直接何かを言うわけでなくとも、気にかけてくれる相手がいるというのは、とても心強いことだった。

けれども、ロバートの言う『あのこと』を考えると、途端に迷いが生じてしまうのだ。

王都に戻ったあと、カインはヴェルの両親を捜そうとしていた。

盗賊団がこれまで人身売買をしてきた中には、攫ってきた娘もいる。レスターが連中と繋がっていたことを考えると、ヴェルもそういった中の一人かもしれず、彼女の両親に辿りつける可能性があるのではと思ったのだ。

そのことはヴェルにも話し、わかり次第教えるとも言ってある。

だが、今はそのことを後悔していた。

調査の結果は、王都に戻って半月もしないうちに出ていたが、カインはその話題を今日まで避け続けていた。

――あんなこと、言えるわけがないだろう……。

カインは唇を噛みしめ、手綱を握る手に力を込める。

ままならない想いを抱えながら馬を走らせ、それから三十分ほどでヴェルの待つ屋敷に戻ったのだった。

❀　❀　❀

王都の外れにある白亜の屋敷。

高台にあるその建物は、今から二年前、これまでの功績の褒賞として国王より与えられたものだった。

「――ヴェル？」

だが、独り身の自分には、少々ここは広すぎる。

使用人は数名ほど召し抱えてはいたが、自分の屋敷だと思っていてもどこに身を置いていいかわからず、これまでは騎士団の宿舎に泊まるなどして週に三日戻ればいいほうだった。

すぐにヴェルを捜すのが密かな愉しみになっていた。
自分を待っている人がいると思うと屋敷に戻るのが面倒ではなくなり、最近では帰宅後
けれど、人というのは現金なもので、環境次第で気持ちも変わる。
「……ん。……あ、カイン……！」

「お帰りなさい！」

「あぁ、ただいま。今日はずっと寝室にいたのか？」

「うん、お昼を食べに食堂に行ったけど、あとはここにいたわ」

寝室の扉を開けると、ヴェルはベッドに座って窓の外をぼんやりと見ていた。

しかし、カインの声がするや否や、彼女はぱっと立ち上がって駆け寄ってくる。

嬉しそうにカインの腰に抱きつき、ぐりぐりと額を胸部に押しつけて喜びをあらわにする姿に自然と頬が緩んでいく。その後は決まって抱きついた状態で深呼吸をしはじめるのだが、これにどんな意味があるのかよくわからず、カインはいつも不思議に思っていた。

「ベッドにいたようだが、体調が悪かったのか？」

「え？　ううん、外を見ていただけよ」

「……そうか」

「うん」

彼女は小さく頷くと、カインの胸にほおずりをする。

微かに潤んだ琥珀色の瞳で見つめられて思わず心臓が跳ね上がる。

ヴェルに抱きつかれるのは嬉しいが、無防備な表情を向けられるだけで自分の中の男が刺激されてしまうのが困りものだ。

長く艶やかな黒髪が肩から滑り落ち、柔らかそうな膨らみにかかる様子にまで目が奪われてしまう。今日の彼女は青いエンパイアドレスを着ていたが、それが白い肌に映えて見とれるほどよく似合っていた。

だが、あの村で育った彼女には、ここでの生活は少々窮屈なのかもしれない。

使用人の報告では、一人でいるときはぼんやりと外を見ていることが多いようで、カインはそれが気になっていた。

「ヴェル…、今から街を見て回ろうか」

「街？」

「まだ明るいから、人もたくさんいる。何かほしいものがあれば言うといい。ヴェルと同じくらいの歳の娘たちが、楽しそうに買い物をしているのをよく見かける」

「私と同じくらい……」

ヴェルは口の中で呟き、カインをじっと見上げた。

ぱちぱちと目を瞬かせて考えを巡らせていたが、すぐに首を横に振った。

「ううん。ここにいる。今はカインと二人きりがいい」

「……退屈じゃないか？」

「ちっとも。こうしているほうがいいの」

彼女はカインの胸にまた顔を押し当て、大きく息を吸い込む。しがみつき、それでも足りないといった様子で背伸びをして、カインの唇に口づけをしてきた。

いきなり見知らぬ場所に来たことで、やはり不安なのだろう。

それはわかっていたが、こうして求められるのは、カインにとってこのうえなく心が満たされることだった。

「ん…、ん…、カイン……」

「ヴェ…ル……」

「もっと…、もっとして……」

ヴェルは何度もカインに口づけ、ねだるように甘えた。

少し屈んでやると、彼女は首に抱きついて自ら舌を差し込んでくる。互いの舌を絡めながらその表情を窺うと、ヴェルもまた大きな目でカインを見つめていた。

「もっと…、もっと……」

何を求められているのかなんて、今さら確かめるまでもない。

カインは望まれるままに彼女を抱き上げ、ベッドに連れて行く。優しく横たえると細い首に口づけ、胸元に向かって唇を滑らせていった。

「あ…はぁ……」

きめ細やかな肌。全身から漂う甘い香り。

カインは谷間に口づけをすると、服の上から膨らみを手で確かめていく。ほんの少し気を緩めただけで、理性が飛んでしまいそうだった。

「あぁ、カイン…、もっと……」

「どこを触ってほしい？」

「んんぅ…、全部…」

「全部って？」

「ん、あぁ…っ」

そのうちに、ヴェルの呼吸は激しく乱れ、身を捩って自身のドレスに手をかける。

もともと羞恥心がほとんどないからか、その動きにはまるで躊躇いがない。

このごろは僅かな愛撫にもかかわらず、その身体に熱が灯るのはあっという間のことで、彼女は先を求めてすぐに服を脱ごうとした。

「カイン…、身体…、熱いの……」

「ヴェル……」

「お願い…、お願い……っ」

ヴェルは胸をはだけさせ、乱れた服をそのままにカインにしがみつく。

興奮して上気した肌。甘い香りがさらに強くなり、果実のように瑞々しい胸の蕾を口に含むと、彼女は切なげに身悶えた。

「あ…、ああぅ…ッ！　カイン……、お願い…、お願い……っ」

「……ッ」

ヴェルは喘ぎながら、目に涙を浮かべて何度も懇願する。

その声と表情にさらに理性がぐらつき、カインは彼女のスカートを捲り上げると、性急な動きで太股を弄り、中心に向かって指を這わせていく。

本当はまだまだ触れ足りない。

それなのに、求められていると思うと我慢ができなくなる。

内股をくすぐっているうちにヴェルの脚は自然と開いて、蜜に濡れた秘部があらわになった。

「……ヴェル、下着は？　たくさん用意したはずだが」

「下着…？　あ…、あれは、なんだか窮屈で……。それに、服を着ているから充分だと思って……」

「そうか……。なら、せめて外に出るときは穿かないか？」

「え…、う…ん。それくらいなら……。でもどうして？　カインはあれが好きなの……？」

「どうだろうな。ヴェルのを脱がすのは、好きかもしれない」

「そ、そうなんだ……。なら…、これからは毎日穿くね……っ！」

ヴェルは途端に目を輝かせ、こくこく頷く。

あまりにかわいい反応で、思わず笑みが零れた。

とはいえ、この無防備さは本当にどうしたものだろう。

人前で裸にならないように注意して以来、ヴェルはそれをきちんと守ってはいたが、おそらくどうしてそうするのかまでは理解していない。一度だけ彼女を連れて街に出たことがあったが、ヴェルを見る男たちの目つきがどんなにいやらしくても、まるで気づく様子がなかった。

「あぁう…、あっ、あぁっ」

溢れた蜜を拭うように秘部に触れると、淫らな水音が響いた。

カインは彼女の反応を窺いながら親指の腹で秘芯を優しく撫でていく。

柔らかな襞をくすぐり、二本の指をゆっくり中心に差し入れるとヴェルは喉を反らして嬌声を上げた。

「あっあっ、ああっ、あっあ……っ」

「俺の指…、ちゃんと感じる場所に届いているか？」

カインは息を弾ませ、感触を確かめながら出し入れを繰り返す。

ヴェルはびくびくと内股をひくつかせ、さらに蜜を溢れさせる。指の動きを速めてやるとそのぶんだけ締め付けもきつくなったが、彼女はすぐに泣きそうな顔になって首を横に振った。

「や…、や……っ」

「……いや、なのか……？」

「ちがうの…、……でも、いや……」

「なら、どうしてほしい？」

「ん、早く…、カインが…、ほし…い……。一つになりたい……っ」

ヴェルは顔を真っ赤にしてゆらゆらと腰を揺らしはじめる。

言っていることとやっていることがちぐはぐだが、自分でも何をしているのかわからないのだろう。彼女は我慢できないといった様子で身を起こすと、不器用な手つきでカインの服を脱がそうとしてきた。

「ん、ん…、ん」

「……ヴェル、自分で脱ぐから……」

「や…、早く…ッ、じゃないと私……ッ！」

「どうした…？」

「会いたかったの……。カインはまだかなって、ずっと待ってたの。だから早く確かめたいの……っ」

「……それで…、いつも外を見ていたのか？」

「そ…だよ？　他に何かあるの？　私にはカインだけだもの……ッ、他には何もないもの……っ！」

「……ヴェル……」

ヴェルはぼろぼろと涙を零し、カインにしがみつく。

だから彼女はいつも不安そうにしていたのか。

だからいつも必死で求めてきたのだと、カインは今さらそのことに気づいた。

「……私のこと…、カインだけが必要だって言ってくれた……。誰も私のこと、必要じゃなかったのに……」

「ヴェル…、それは……」

「私の両親…も……、そうなんでしょう……？」

「え…」

「そんなの、カインを見てればわかるよ。ときどき、困った顔をして私を見てたもの……。だから、その話はしたくないんだって思ってた。その人たちも、私のことはいらなかったんだってわかったの……」

「……ヴェ…ル」

「だから、もう忘れていいよ……。ちゃんと、わかってるから……」

カインは言葉を失い、悲哀に暮れた眼差しを呆然と見つめた。

まさか、彼女が気づいているとは思わなかった。

盗賊の頭からそのことを聞いたのは、もう半月以上も前になる。

ヴェルは十三年前、三歳のときに親に売られた娘だった。

哀しい現実だが、僅かな金を求めて我が子を売る親は少なくない。

同じように親に売られた娘の中から彼女はレスターに選ばれたのだ。

将来が愉しみなほどかわいい娘だったと盗賊の頭が下卑た笑いを浮かべたときは、殴りかかりそうになるのを堪えるのが大変だった。そうやってヴェルが年頃の娘に育つのをレスターが舌なめずりして待っていたのだと思うと反吐《へど》が出そうになるが、今こうしていられるのは奇跡のようでもあった。

「でも…、カインはこんな私でいいの……？」

「え？」

何も言えずにいると、ヴェルは弱々しくそう続ける。

その瞳は何かに怯えるように揺れていた。

「私…、これまで何一つ疑問に思ったことがなかった。騙されていることも知らずに、自分は特別なんだって信じ込んでた。なんて馬鹿なんだろうね……。情けなくて自分が嫌になる。カインだって呆れたでしょう？　こんな私に纏わり付かれて、本当は迷惑だよね……」

「ヴェル、何を言って……」

「でも、離れたくないの。カインの傍にいたい。……ごめんなさい……」

「……っ」

か細い声。怯えた眼差し。

胸にしがみつく震える手。

この一か月、自分は何をしていたのだろう。

一人でいる間、彼女はどれほど不安だったのだろう。

「あ…っ!?」

カインはヴェルを押し倒すと、己の下衣を素早くくつろげた。

濡れそぼった秘部に己をあてがうと、猛りきった先端で擦り上げる。

今は、一つになることでしか想いを伝える術が浮かばない。入口がひくついた瞬間、カインは腰を突き上げ、彼女の最奥まで一気に貫いた。

「あ、ああっ、あぁあ――…ッ！」

「……っく、ヴェル……ッ」

これほど胸が痛くなったことはない。

これほど誰かを守りたいと思ったことはない。

カインは上衣を脱ぎながら、互いの身体を馴染ませるために緩やかに腰を揺らす。脱いだ上衣をベッドに放り投げると、かぶりつくようにヴェルの唇を貪り、この身を刻み込むように抽送を開始した。

「んあっ、ああう…、んっ、んぅ……ッ」

「……君は…、何も悪くない……っ」

「あっ、あぁ、ああ…っ」

「君が無知だったのは、あの村のせいだ。疑念を抱かないように幼い頃から見張られていたんだ……っ！　大丈夫、これから取り戻していけばいい。俺が傍にいる。一緒に学んでいけばいいんだ……っ」

「カイ…ン……」

「俺には…、必要だ……」

「……ッ」

「ヴェルが必要だ……ッ」

「っひ…、あ、あぁー……っ」

カインは言い聞かせるように何度も繰り返す。

彼女は、泣きながら必死でしがみついていた。

なんて綺麗な涙だろう。

ヴェルの心は何一つ変わっていない。

あの美しかった湖のように澄んだままだ。

純粋でまっすぐな眼差しを見ていると、はじめて自分に笑いかけたあの瞬間が蘇るようだった。

「あっ、あっ、ああっ、あああっ」

「ヴェル…、君が好きだ……ッ」

「……っ、カイ…ン……ッ」

「だから傍にいてくれ……っ、ずっと俺の隣にいてくれ……ッ」

「あっ、ああっ、カイン…ッ、カイン……ッ」

互いに腰を揺らし、激しく求め合う。

不安に思うことなど何もない。

こんなに愛しい人を、どうして手放せるだろうか。

絶頂の予感に身を震わせ、蠢《うごめ》く内壁を擦り上げる。

強く掻き抱くと、ヴェルは喉をひくつかせて全身をわななかせた。内股がぶるぶると震え、カインに腰を押しつけさらに奥へと誘った。

「ひ…、あぁ、ああっ、あぁああ……ッ、だ、だめ…、もうだめ……ッ、カイン、カイン、

「あぁっ、あぁあ、あああぁ……ッ！」

カイン……ッ！　あっあっ、やぁあ……ッ、あああ……っ！」

「大丈夫…、俺も一緒だ……っ」

「あぁっ、あぁあ、ああああぁ…——ッ！」

快感の波に逆らうことなく、ヴェルはがくんと身体を揺らして絶頂に喘ぐ。

他にはもう何も考えられない。考える必要もない。

やがて彼女の内壁が断続的に痙攣しはじめ、その刺激で否応なしに絶頂を促される。

カインはその身体を小刻みに揺さぶり、最奥に自身を留めて腰を突き上げた。想いの丈をぶつけるように彼女の最奥目がけて精を吐き出すと、カインもまた最後の瞬間を迎えたのだった。

「……あ…、あぁ……、あぁぁ……、ぁ……、カイン……、カイ…ン……」

部屋に響く激しい息づかい。

狂おしいほどの絶頂の余韻に、互いに動くこともできない。

カインは彼女の首筋に顔を埋めてか細い喘ぎに耳を傾ける。

果てたあとの切なげな声は、いつ聞いても心地がいいものだった。

「ヴェル……」

「……あ、ん」

ややあって、カインは身を起こして彼女を抱き上げる。

膝にのせて口づけを交わし、汗で頬に張りついた黒髪を指先でそっと払う。

金色の潤んだ瞳。宝石のような涙。

不安げだった表情は和らぎ、このまま閉じ込めてしまいたいと思うほど彼女は美しかった。

ふと、窓のほうを見ると、穏やかな陽が差していた。

あの村から出た直後の温かな光を思い出し、カインは思わず目を細める。

何かからヴェルを託されたような気持ちになり、そんな自分が少しだけおかしかった。

「……ん、はぁ……」

「ヴェル？」

程なくして、ヴェルはカインの胸に顔を埋めて深呼吸をはじめる。

これにはどんな意味があるのだろう。

首を傾げると彼女は花が綻ぶように笑った。

「カインは、お日様の匂いがする」

「お日様？」

「ん、村の森より、いい匂い……。大好きなの……」

彼女はほぅっと息をつき、またカインの胸に顔を埋めた。

頭がくらくらする。まるで熱に浮かされたようだった。

やはり休みを取ろう。長い休みが必要だ。

のんびりと二人で日向ぼっこをするのもいい。散歩に出かけてもいい。一日中抱き合いたいというなら、それでも構わない。

ただ一緒にいよう。

当たり前のように傍にいよう。

自分たちは、これから何十年も一緒だ。

カインは静かに笑みを零し、窓の外を見つめる。

柔らかな日差しが心地いい。

まだしばらくは、晴天が続きそうだった——。

あとがき

最後までご覧いただき、ありがとうございました。作者の桜井《さくらい》さくやと申します。

今作は多少のファンタジー要素を絡めつつ、まったく違う人生を歩んできた二人の出会いからはじまるお話となりました。この話を書いているときは、現実でも例年以上に台風やら雨やらがうんざりするほど続いた時期だったので、カインたちもこんな気持ちだったんだろうと、幾度となく思ったものでした。少しでも多くの皆さまにこの話を気に入っていただければ何よりです。

今回のイラストは芦原《あしはら》モカさんに担当していただきました。

イラストを担当していただいたのは本作がはじめてでしたが、世界観やキャラの雰囲気までしっかりと掴んでくださって、本当に感謝でいっぱいです。ヴェルとカインがとてもかわいい。皆さまもお楽しみいただけたなら嬉しいです。

それでは、この本を手に取ってくださった皆さま、編集のYさん、本作に関わっていただいたすべての方々に御礼を申し上げ、締めくくりとさせていただきます。

ここまでおつきあいいただき、ありがとうございました。

皆さまと、またどこかでお会いできれば幸いです。

桜井さくや

ソーニャ文庫

この本を読んでのご意見・ご感想をお待ちしております。

◆ あて先 ◆
〒101-0051
東京都千代田区神田神保町2-4-7 久月神田ビル
㈱イースト・プレス　ソーニャ文庫編集部
桜井さくや先生／芦原モカ先生

清廉騎士《せいれんきし》は乙女《おとめ》を奪《うば》う

2019年1月7日　第1刷発行

著　　者　桜井《さくらい》さくや
イラスト　芦原《あしはら》モカ
装　　丁　imagejack.inc
D T P　松井和彌
編集・発行人　安本千恵子
発 行 所　株式会社イースト・プレス
〒101-0051
東京都千代田区神田神保町2-4-7 久月神田ビル
TEL 03-5213-4700　　FAX 03-5213-4701
印 刷 所　中央精版印刷株式会社

ISBN 978-4-7816-9639-3
定価はカバーに表示してあります。

Sonya ソーニャ文庫の本

だめだ、我慢できなくなってしまう。

平凡な田舎町で代わり映えしない日々を過ごしていたシャロン。そこへ、ひどい怪我を負った男が家にやってくる。『ラン』という名前以外は思い出せないと言う彼。反対する家族を説得し、彼の面倒を見ることに。急速に惹かれ合う二人は、甘く幸せな一夜を過ごすのだが……。

『ワケあり紳士は初恋に溺れる』 桜井さくや

イラスト 緒花